完訳

中世イタリア民間説話集

IL NOVELLINO

瀬谷幸男・狩野晃一〔訳〕

論創社

目次

完訳　中世イタリア民間説話集

本書では、古《いにしえ》のあまたの偉大な人びとによる高尚な会話、優れた行為、立派な返答、抜きん出た勇気ある行い、そして素晴らしい贈り物について語っております。

I 序文

われらの主イエス・キリストが人間の姿でわれわれに語りかけたとき、とりわけ心からあふれ出ることを、口が語るものであるとそのお方は仰いました[1]。他人より寛大で高貴な心を持つあなたがたは、神の歓びにたいしてあなたがたの心と言葉を整えてください、主がわれらを創造し、われらが主を愛する以前にわれらを愛してくださった主について語り、主を敬い、主を畏れて。もし、ある部分において、主のお気に召さないことなしに、われらの身体を喜ばせ、助け支えるために話すことができるならば、威儀と寛容をもってあなた方ができうることをなさいませ。言葉においても行いにおいても寛大で高貴な方々は身分の低い者らにとってまるで鏡であります。彼らの言葉は、より繊細な器官からでてくるので、より優雅なのです。ゆえに過去に多くなされた修辞、公正な儀礼、洗練された返答、立派な行いと素晴らしい贈物について思い出してみましょう。ですから、機会があれば、それらについて知らない、あるいは知りたいと望む方々のため、そして喜びのために、高貴な心と高き知性をお持ちの方はやがて然るべき時にこれらを真似ることや、議論し、口に出したり、物語ったりできましょう。そして仮にわたしたちがお示し致します言葉の華が多く別の言葉と混じっていたとしても、お腹立ちなさらないでいただきたく存じます。というのも黒色は金色を良く見せるものでありますし、時には見た目にも美しく上品な果実のために果樹園全体が好ましくおもえることもございます。そして数輪の美しい花が庭全体を飾ることもございますゆえに。(2)

また、今までに美しい表現を口にしてこられなかったり、そういった言葉によって何ら恩恵を与えることなく今まで過ごされてきた多くの読者諸氏が、ここに語られていることにご立腹なさいませんようお願い申し上げます。

(1)「ルカによる福音書」6：45参照。
(2) シチリア派の詩人ジャコモ・ダ・レンティーニによる Amando lungiamente という詩にも同様の表現：'che per un frutto piace tutto un orto,'「ひとつの果実のために、果樹園全体が好きになる」が見られる。瀬谷幸男・狩野晃一（編訳）『シチリア派恋愛抒情詩選』「VI片想い」（四四―四六頁）を参照。

II　プレスター・ジョン(1)がいと気高き皇帝フェデリコ(2)に送った高貴な使節について

いとも高貴なインドのプレスター・ジョン殿は、優れた使節を類いまれにして力持つ皇帝フェデリコに送られました。帝は実に言語においても徳においても世の鏡であらせられ、優美な会話を愛され、思慮ある返答を心掛けておいででした。その使節の目的はただ二つのことだけでした。つまり皇帝が言語と行為において賢明であるかどうか見極めることだったのです。プレスター・ジョンはその使節に三つの大変高価な宝石(3)を託し、彼らに向かってこういいました。

「これらを皇帝に渡し、この世でどれが一番良いものであるか余に代わって訊ねよ。さらに彼の言葉や返答を記録し、宮廷の様子やその習慣などを余すことなく報告せよ。」

主君によって送られた使節は皇帝のところに到着し、相応しく皇帝陛下のためにそして上述の主君のために、皇帝に挨拶をしたのでした。そして彼らは帝に先ほど申しました宝石を渡しました。皇帝はそれらを手に取りましたが、その価値を尋ねることはしませんでした。彼はそれらをしまい、その大変な美しさを褒め称えました。使節は質問をし、風習や宮廷を見物してから数日後、彼らは暇乞いをしました。皇帝は返答を用意し、こう仰いました。「汝らの君主に伝えよ、この世で最良のものは「節度」であると。」

使節は帰途につき、見聞したところを報告しました。皇帝の宮廷は優美な習慣で飾られ、帝の騎士らの素晴らしい物腰についてたいそう褒めちぎったのでした。プレスター・ジョンは彼の使節が語ったのを聞き、皇帝を称賛し、このように言いました「皇帝は言葉については大変賢明であるかもしれないが、行為についてはそうではないようだ。というのも皇帝はかくも高価な宝石の価値について尋ねようとしなかったのだから」と。そのようなわけで再度使節を派遣し、気に入れば、宮廷の執事にしてくれるようにと彼らを贈ったのでした。そして自らの富や、臣民がいろいろな人種で構成されていること、治国などについて彼らに語らせました。まもなく彼が皇帝に渡した宝石について、皇帝には知識がなく、その価値が失われてしまったと考えて、プレスター・ジョンのよく知る宝石商を迎えて隠密に皇帝の宮廷に次のように言って彼を送りこみました。「いいか、何とかしてあれらの宝石をわがもとに取り戻すのだ。いかなる犠牲をはらってもな。」

その宝石商はこれまた美しい宝石を詰め込んで行き、宮廷で宝石を広げ始めました。男爵や騎士たちがやってきて彼の仕事を称賛しました。宝石商は非常に賢い男でした。宮廷で重要な地位にある人を見つけると、宝石を売りつけるのではなく贈呈したのですから。指輪などはたくさんばらまいたので、彼の評判は皇帝のところにまで伝わりました。皇帝は彼のところに人をやって呼び、自分の宝石を彼に見せました。宝石商はそれらの宝石を褒めはしましたが、さほど価値はないといいました。つぎに皇帝は高価な三つの宝石を持ってこさせました。それは宝石商が見たがっていたものでした。すると宝石商は喜んで宝石をひとつつまんで手に取ると、このようなことを口にしました。

「陛下、この宝石は陛下がお持ちのもっとも繁栄している町ひとつ分に相当いたします。」

もうひとつを手に取っていうには、

「陛下、これは陛下が所有するもっとも栄えている属州ひとつ分に相当いたします」と。

そうして三つ目を手にしてこう言いました。

「陛下、これは全帝国以上の値打ちがございます。」

こぶしに三つの宝石を握りしめました。そのうちの一つの宝石のもつ力によって、だれも宝石商の姿を見ることができなくなりました。そして大階段を下りてゆき、主であるプレスター・ジョンのもとに戻ったのち、たいへん満足げに宝石を渡したということでした。

（1）東方アジアを支配するキリスト教徒の国王と言われる伝説上の人物で、彼の物語は十字軍の頃より始まった。ペルシャやメディアに勝利したとされる。

（2）おそらくフェデリコ二世（一一九四－一二五〇）のこと。神聖ローマ帝国の皇帝にしてシチリア王国の国王。諸外国語に通じ、「世界の驚異《ストゥポール・ムンディ》」と呼ばれた。研究者の中には、プレスター・ジョンとの関わりから、彼の祖父であるフリードリヒ一世（バルバロッサ：一一二二－一一九〇）であると考えるものもいる。

（3）中世の宝石と魔法の関係については巻末の参考文献 Evans, Joan の書（1976）に詳しい。

Ⅲ　王が投獄した賢いギリシア人がいかに駿馬を評価したかについて

ギリシアのあるところに王冠を身につけ宏大な王国を持った一人の王がいて、フィリッポ(1)という名前を持ち、ある重罪のために一人の賢いギリシア人(2)を投獄していた。このギリシア人は大変に賢い男で、彼の知能は星辰を遥かに凌駕していた(3)。すると、ある日のこと偶々《たまたま》この王にスペインのあるところから一匹の大変に力強く美しい姿の駿馬が贈られた。彼は馬を熟知した人にこの駿馬の価値を知るため尋ねた。彼にはあらゆることを知悉する最高の師（先生）が牢獄にいると言われた。彼はその駿馬を野原に連れて行かせて、そのギリシア人を牢獄から救出させ、彼にこう言った。「先生、この駿馬をとくと見てくだされ、先生はじつに賢い人だと、余は聞いたものだから。」そのギリシア人はその駿馬をよく見て言った。「陛下、この馬は姿こそ美しいが、こう思います。つまり、この馬は驢馬《ロバ》の乳で養われました。」王はその馬がどう育てられたのかを知るために、スペインに使者を遣わすと、牝馬《めすうま》が死んでその仔馬は驢馬の乳で育てられたことが分かった。王はこれにびっくり仰天《ぎょうてん》して、宮廷の費用でパン半塊を彼に毎日与えるように命令した。ある日のこと偶々、その王は彼の宝石を集めて、このギリシア人の囚人を迎えにやって言った。「先生、貴殿は大変な知識の持ち主ですから、あらゆることを知っていると信じている。もし貴殿が宝石の力を知っているなら、これらの宝石の中でどれが最も価値があると見えるか、教えてほしい。」そのギリシア人はよく吟味して言った。「陛下、どれがあなたに最も高価で大切なものですか？」すると、王は他の宝石類からじつに美しい宝石を選んで言った。「先生、余はこれが最も美しく最も高価と思うのだが。」そのギリシア人はそれを手に取りきつく握って、それを耳元まで高く上げ、それからこう言った。「陛下、ここに蛆虫がいます。」すると、王は彼の工匠らを呼びにやってその宝石を砕かせると、宝石の中に蛆虫を発見した。その時、王はそのギリシア人の異常なほどの知恵を褒め称えて、一塊のパンを宮廷の費用で彼に毎日与えられるよう命じた。それから暫く経《た》つと、その王は自分が嫡出子でないのではと思った。王はこのギリシア人を呼びにやって、彼を秘密の場所へ連れて行き、そして話し始めて言った。「先生、余は先生が偉大な才能の持ち主と信じておる。そして、余が質問した様々な事ごとの中で、先生はそれを証明しているのをはっきり見て取った。ゆえに、余は誰の息子であるか教えてほしい。」そのギリシア人は答えた。「陛下、何たる質問をなさるのですか？　陛下はかかる父親の息子であるのをよくご存じのはずです。」すると王は答えた。「余のご機嫌を取るような返答をしないでほしい。躊躇せず本当のことを言って貰いたい。もし本当のことを言わなければ、先生をじつに残酷な死刑に処さねばならない。」すると、そのギリシア人は答えた。「陛下、申し上げますが、陛下はパン屋の息子です。」王が言った。「余はわが母親からこの事実を知りたい。」そして、王は母親を迎えにやり、酷く脅かして彼女に強いて言わせた。王の母親は真実を告白した。すると、王はこのギリシア人と一緒に部屋に閉じ籠って言った。「わが師よ、先生の偉大な知識の証拠を拝見した。これらのことを、なぜご存知かお教え願いたい。」するとギリシア人は答えた。「陛下、それをお話ししましょう。あの馬が驢馬の乳で育てられたことは馬の本質と特性をとくと観察して分かりました。なぜなら、あの馬は折れた耳をしていたのを見たからです。そして、それは馬の本性ではありません。宝石の中の蛆虫を知ったのは宝石とは当然冷たいものだからです。それらの宝石の中であの宝石が温かかったのです。石は生命ある生物によらずして温かいはずがありませんから。」

「では、どうして余がパン屋の息子と分かったのだろうか?」そのギリシア人は答えた。「儂《わし》が馬についてじつに不思議なことを陛下に話した時に、陛下は儂に一日にパン半塊(分)の贈物を決定しました。その後で、石について話した時に、陛下はパン一個丸ごと定めました。よくお考え下さい、その時にこそ陛下が誰の息子であるか気付いたのです。というのは、もし陛下が王の息子であったならば、儂《わし》に立派な都市を下さっても陛下には些細なことに思えたでしょう。しかるに、陛下の本性として、パン一個を儂に報いることで十分と思えたのです、さながら陛下の父親が作ったかのように。」その時、王は自分の卑劣さを認識し、彼を牢獄から出しじつに寛大にそのギリシア人に報いたのである。

(1) この「フィリッポ」なる人物は特定されていないが、次の第四話(Ⅳ)でアレクサンダー大王が扱われることから、ここでは大王の父マケドニア王フィリップ二世を暗示すると考えられる。

(2) この投獄された「ギリシアの賢人」も特定する手立てはないが、当時ギリシア的な事象全般が「ギリシア化された異邦人ら」にはいかに高く崇敬されていたかの証左であろう。

(3) マケドニア王フィリップ二世は息子アレクサンダーの家庭教師として哲学者アリストテレスを雇ったことを想起すべきである。

Ⅳ　ある吟遊詩人[1]がアレクサンダー大王[2]の御前である騎士について泣きついた話

　アレクサンダー大王が大勢を率いてガザの街を包囲しているとき、ある身分のある騎士が牢獄から逃げ出しました。みすぼらしい身なりをしており、アレクサンダー大王のところへ行くことにしました。彼は他の者たちにも惜しみなく与えていたからでした。歩いていくと、ひとりの身なりの立派な吟遊詩人に出会いました。吟遊詩人は騎士にどこへ行くのかとたずねました。その騎士は答えました「アレクサンダー大王のところです。わたしの郷士《まち》に栄えある姿で戻れるよう、わたくしに色々と下さるかも知れないので」。すると吟遊詩人は答えてこのように言いました「わたしがあなたに何かあげるとしたら何をお望みでしょうか。アレクサンダー大王があなたにお与えになるであろうものをわたしにおくんなさい」。騎士は返答して「わが国へ帰るのに足りるだけの騎馬、荷を引く馬、着物とお金をいただきたい」と。吟遊詩人は彼にそれらを与え、ガザ市塞に激しく攻撃を加え、それから戦線を離れ天幕の中で武具を外させているアレクサンダー大王のところへ一緒に馬に乗って行きました。騎士と吟遊詩人は前に進み出ました。騎士は自分の願いをアレクサンダー大王に恭しく穏便に述べました。しかしアレクサンダー大王は一言も発さず、彼に向って返答もしませんでした。騎士は吟遊詩人を残して、自らの国へと歩いて戻っていきました。騎士がすこし遠ざかったところで、ガザの身分の高い市民たちが、アレクサンダー大王を自分たちの主君として完全に服従するといって市城の鍵を持ってきました。

するとアレクサンダーは微笑んで、騎士に二千マルク銀貨(4)を与えるよう命じました。これはアレクサンダーがかつて与えたなかで最も小さな贈り物でした。騎士はマルク銀貨を受け取り、それを吟遊詩人に与えました。吟遊詩人はアレクサンダーの御前に進み出て、大変しつこく公正な裁きを求め、騎士を捕まえるよう頼み込みましたが、その願いは以下のごとくアレクサンダーになされました。「王様、わたくしめが歩いていると此奴《きゃつ》と出会いまして、どこに行くとか、またその理由を問いました。するとアレクサンダーのところに行くのだ、と。というのも何か物をくれるかもしれないからだと言うのです。わたしは奴と約束をしました。わたしが奴に与える代わりに、アレクサンダー大王が奴にお与えになるものをわたしにくれると約束したのです。それで奴は約束を破ったのです。高貴なる街ガザを拒み、マルク銀貨を受け取ったのですから。そのようなわけですから、大王様の御前に公正なる裁きを願い、ガザの街とマルク銀貨の価値の埋め合わせをしていただきとうございます。」するとと騎士が口を開き、先ず約束はそのようであったと認めました。そして言いました「公正なる大王様、わたくしに頼んだのはこの吟遊詩人でございます。吟遊詩人がいくらやっても街の統治を引き継ぐことはできないでしょう。彼は金や銀について考えていたのでした。それが彼の望みでありました。そしてわたしは彼の望みを十分に満たしてやったのです。それゆえ、あなた様のお力で、わたしを自由にして下さいますようお願いするものです。あなた様の賢慮のままに。」アレクサンダー大王と男爵らは騎士を解放し、その偉大な知恵を賞賛しました。

（1）原文では giullare。この語に対しては多くの訳語「道化師」「愚か者」「廷臣」「吟遊詩人」などが考えられるが、この話の模様からすると「吟遊詩人」が適切だろう。

（2）アレクサンダー大王（紀元前三五六―三二三）はマケドニアのフィリッポス王の息子。東方遠征は有名。アリストテレスは彼の家庭教師で修辞学、文学のみならず科学や医学、哲学を教えた。中世では神話や伝説において人気の高い人物であった。

（3）歴史家の意見は、アレクサンダー大王によるガザの受け渡しはこの物語にあるほどほどスムーズには進まなかったというところで一致している。

（4）マルク銀貨　フランスあるいはイタリアの通貨の単位。

V　ギリシアの使節への返書をある王様がその若い息子に託した次第

エジプトの地にある王様がおりました。彼には長男がおり、王のあとに王室を継ぐことになっていました。父は子が幼少のころから、年老いた賢者たちに養育を任せておりました。そうして彼は15歳になりましたが、それまで遊びというものを経験したことがありませんでした。ある日、父親は息子に、ギリシアの使節への返信を任せました。その若者は講壇のところで、使節に返答をしようとしていたのですが、天候は荒れ模様で雨が降っておりました。宮殿の窓のほうに目をやると、よその子供たちが見えました。彼らは雨水を集め、堰を作って藁の水車で遊んでいました。若者はそれを見ると、その場を離れ、すぐに宮殿の階段を下りて行き、雨水を集めて遊んでいる子どもたちのところに行きました。そこで水車遊びや子どもがするような遊びを始めました。多くの男爵や騎士たちが彼のことを探し、彼を宮殿に連れ戻しました。窓を閉めると、その若者はきちんとした返答をしたのでした。話し合いの後、人びとは去って行きました。父親は大いなる知識をもつ哲学者や学者を呼び集め、その出来事を話しました。ある智者は体液《フモール》(1)の動きであると考え、別の者は精神の弱さのせいとしました。またある者は脳の病だといい、彼らの認識の違いにより、ある者はこうだとか、またある者は別の理由だと述べたのでした。ある哲学者が言いました「この若者がどのように養育されたのかお教えください」。父親は、若者がごく幼少期から賢者や老人らに養育されたことを彼らに語りました。すると哲学者がこう答えました「驚くことはございません、自然が失ったものを求めたとしても。若い時には子どもがするようなことをすることが、また年を重ねたときには考えるという行為が適切なことでございますから」と。

（1）体液　原文ではomori ＜ L. humor。フモルは四つの要素「地」「水」「火」「空」からなり、それぞれ「黒胆汁質」「黄胆汁質」「多血質」「粘液質」という性質に対応し、相互のバランスによって気質や健康状態に現れると考えられていた。

Ⅵ　いかにしてダヴィデ王[1]に部族の数を知りたいとの考え[2]が起きたのか

羊飼いから族長にして[3]、神の恩寵により王となったダヴィデ王に、ある日自分の部族の数がどれだけいるかを是非とも知りたいという考えが浮かんだ。そして、これは主なる神には大いに不快で傲慢な行為である[4]。すると、神は彼のもとへ神の天使を遣わし、天使にこう言わせた。「ダヴィデよ、汝は罪を犯せり。」汝の主なる神は汝にこう言うように私を遣わされた。「汝は地獄に三年、それとも汝の敵の手に三ヶ月留まりたいか？」ダヴィデは答えた。「わが主の手の中にわが身をゆだねます。主の御意のままに私を扱ってください。」さて、神はどうなさったか？　主はその罪に応じて彼を罰した。その挙げ句、彼の民族の殆ど半分は死によって奪われた。彼は自分の民族の大きな数を誇ったので、こうして主なる神はその数を減少させた。ある日、乗馬中のダヴィデは神の天使が抜身の剣をもって彼の部族を殺しているのを見た。そして、天使がまさに一人を討とうとした瞬間に、ダヴィデは素早く馬から下りて言った。「神の慈悲にかけて、罪なき人びとを殺さないで、罪人たるこの私を殺してください。」その時、これらの言葉の善意ゆえに、主なる神はダヴィデの民族を赦して殺害を中止したのである。

（1）サウルに次ぐイスラエル王国第2代の王（一〇三〇？－九六二？）でソロモンの父。旧約聖書の「詩篇」の作者とされる。
（2）「サムエル記下」24：1－17参照。
（3）「サムエル記上」16：10－13参照。
（4）エルサレム・フランス聖書考古学院のフランス語訳聖書『エルサレム聖書』の注釈によると、「人口調査」について、家族や民族を増やすことは主なる神にのみ属する特権を侵害することで不敬な行為とされた。

Ⅶ　天使がソロモン(1)に話しかけ、主なる神が彼の息子から その罪のために王国を取り上げたと話した次第がここで語られる

ソロモンが神の反感を買い、自分の王国を失う羽目になったことが書いてある。天使が彼に伝えて言うには「ソロモンよ、おまえの罪により、その王国を失うに至ったのだ(2)。しかし我らが主はおまえに伝えるべく遣わされたのだ。すなわち、おまえの善き父のために、主はおまえからそれを取り上げるのではなく、おまえの罪のためにおまえの息子からそれを取り上げるのだ(3)。」そしてこのように父の功徳が息子に報いられ、父の罪はその子において罰せられることを示した。

ソロモンが地上でひたすらに働いたことを知っていただきたい。比類なき知性という素質で、かくも偉大で高貴なる国を作ったことをも。それから彼は、用心のために、外国からの世継、つまり自分の家系から外れている他所《よそ》の跡取りをとろうとはしなかった。そしてこの目的のため、多くの妻とたくさんの妾《めかけ》をはべらせ多くの後継者を得ようとした(4)。しかし至上の支配者であられる神は、妻や妾全員から、彼女らはたくさんいたにも関わらず、たった一人の男の子をもうけるよう望まれた。それからソロモンはその王国が彼の息子の統治下にはいるように規定した。その息子の名はロボアム(5)といい、ソロモンのあとに必ず玉座に就くことになっていた。そのためにソロモンは、息子が小さなうちから年老いるまで、自分の息子に対しその人生を、たくさんの教えや養育をもって決めてしまった。更に

彼はこんなこともした。つまり、莫大な財《たから》を集めさせ、それを安全な場所にしまったのだった。更に彼はこんなこともした。つまり、彼と隣り合わせにあったすべての諸侯らと仲違いしないよう、また彼の封侯らを対立させることなく平和裡に統治しようと試みた。さらにこのようなこともした。星の運行の教義である占星術や悪魔に対して支配力をもつ黒魔術を彼に教えた。彼がこのようなことをしたのは、ロボアムが彼の後に統治することになっていたからである。ソロモンが崩御するとロボアムは年老いた賢者から助言を得た。（つまり）どのように人民を治めるのかという助言を求めた(6)。老人らは彼にこう教えた。「あなたの民を集め、優しい言葉で彼らを自分自身のごとく大切に思っていると、また彼らは自分の王冠であるとお伝えなさい。またあなたの父上は人々に厳しかったかもしれないが、あなたは自分は優しく柔和であると、そして父上は彼らを押さえつけたかもしれないが、あなたは彼らに優しく柔和であるというのです。そしてもし寺院を建立するにあたり困っているようであれば、彼らを援助しなさい(7)。」これらの言葉を王国の年老いた賢者らはロボアムに授けた。ロボアムはそこを立ち去り、若者からも助言を求め、彼らに同じような質問をした。すると彼らはロボアムに尋ねた。「あなたが最初に助言を求めたのはどなたで、あなたにどのように助言なさったのか。」彼は細大漏らさず彼らに語った。すると若者らはこう言った。「彼らはあなたを騙しているのです。というのも王国なるものは言葉によって治められるのではなく、武勲や厳しさによって治めるものですから。ということですから、もしあなたが人々に甘言を弄すれば、あなたが人民のことを恐れているように見えるでしょう。ですから彼らはあなたを下に見るでしょうし、自分たちの主君としてあなたを受け入れることはないでしょう。ですから我々の助言に従って下さい。我々は皆あなたの僕であり、主君は僕を望むままに使うことができます。ゆえに人民についても彼らは皆あなたの僕であるから厳しく大胆になさってください。そしてあなたに従わない者がいれば、あなたの厳しい法律に従ってその者を罰すればよろしいかと。そしてソロモン王が彼らを寺院建立において押さえつけていたとすれば、あなたも別のことで、あなたのお好きなように押さえつければよいのです。人民は子供のあなたを受け入れることはないだろうが、全員あなたを恐れ、そのように王国と王冠を治めれば良いのです」と。かくも愚かなロボアムは若者らの助言の方を採った。彼は人民を集め、厳しい言葉をかけた。人民は憤慨し、家来は怒り心頭だったので、彼らは結束し、秘密の取り決めを結んだ。ある家来たちは共謀して、ソロモン王の死後三四日の間に彼の息子ロボアムは彼の王国の十二あるうちの十の部分を、若造らの愚かな助言に従ったために失うこととなった。(8)

(1) ソロモンは二番目のイスラエル王で、ダヴィデの息子。
(2)「列王記上」11：1－8参照。
(3)「列王記上」11：9－13参照。
(4)「列王記上」11：3参照。
(5) ロボアムはソロモン王の息子。
(6)「列王記上」12：1－6参照。
(7)「列王記上」9：15参照。
(8)「列王記上」12：16－19参照。

VIII　どうしてある王の若殿が追放されたシリア王へ贈り物をしたか

広大な王国を持ち、アウリクス[1]という名前のあるギリシアの裕福な人に一人の若い息子がいたが、彼はその息子を教育して自由七学芸[2]を学ばせ、彼には道徳的生き方、即ち、よく躾けられることを教えた。ある日、この王は沢山の金を取り出して、それを彼の息子に与えて言った。「その金をお前の好きなように配りなさい。」そして、王は重臣らに息子に分配の仕方を教えないで、彼の行動と振る舞い方だけを注意深く観察するように命令した。重臣らはある日この若者と一緒に宮廷の窓際のところにいた。その若者は物思いに耽って、その服装や容姿からして大変に高貴な人びとが道を通り過ぎて行くのを見ていた。その道は宮廷の足元まで通じていた。この若者はこれらすべての人びとが彼の前に連れて来るように命令した。彼の要望は聞き届けられて、旅人らは彼の前にやって来た。すると、最も勇敢な心と最も陽気な顔をした一人の旅人が彼の前に来て言った。「殿さま、わたしに何をお尋ねですか?」その若者は答えた。「お尋ねするが、お前は何処からやって来て、いかなる身分の者か?」すると彼は答えた。「わたしはイタリア出身で、大変金持ちの商人です。そして、この富を世襲したのではなく、わたしは商取引のお蔭ですべてを儲けました。」若者は次の旅人に尋ねた。彼は高貴な容貌で、その表情はどこか臆病で、他の旅人より後方に控え、あまり大胆ではなくこう言った。「殿さま、わたしに何をお尋ねですか?」その若者は答えた。「わたしはお前が何処から来て、そしていかなる身分の者かを尋ねた。」すると彼は答えた。「わたしはシリアの者で、王であります。そして、わたしは大変よく行儀を弁えていたので、わたしの臣下らがわたしを追放しました。」すると、その若者はすべての金を取ってそれをこの追放者に与えた。その報せが宮廷中に行きわたった。諸侯や騎士らがこれについて大いに激論をして、宮廷全体がこの金の施し方をさんざん話し合った。」これらのことがすべて彼の父親へ話され、それらの質疑応答が詳細に語られた。父王は多くの諸侯らが聞いている前で話し始めて言った。「お前はどのように金を分配して、いかなる動機がお前の行動を促したのか? 彼の善良さによって金を儲けた者に、お前は与えずに、彼の罪と愚かさによってすべてを失った者に、お前が与えたのはいかなる理由かをわれわれに証明するのか?」賢い若者は答えた。「父上、わたしは何も教えぬ者には与えませんでした。わたしは誰にも与えませんでした。しかし、わたしが与えたものは報酬であり、贈物ではありません。あの商人はわたしに何も教えませんでした。それで、彼は何も見返りに受け取りませんでした。しかし、わたしの身分、王の息子で王冠を戴き、自らの愚かさゆえに彼の家臣らが追放した彼は、わが家臣らがわたしを追放しないようにするため、わたしに多くのことを教えてくれました。したがって、かかるじつに貴重な教訓のため、わたしは彼に細《ささ》やかな報酬を与えました。」この若者の意見を、父と彼の諸侯らは彼の大きな知恵であると褒め称えて、僅か数年でかかる大きな知識を身に付けていたこのような青年から大きな希望を得たと言った。書状が全領土のあらゆる王侯や諸侯のところへ巡って、賢者らの間でそれに関して大論争があった。

（1）実在ではく架空の人物とされる。
（2）中世ヨーロッパの基礎学問として、現在の一般教養科目に当たる「自由七学芸」（sept artes liberales）、つまり「三学」（trivium）「文法、修辞学、論理」と「四科」（quadrivium）「算術、幾何、音楽、天文学」があった。尚、この中世の自由七学芸に関しては、E・R・クルティウス『中世ラテンとヨーロッパ中世』（南大路振一・岸本道夫・中村善也訳）みすず書房，1971. pp. 48-59 参照。

IX　煙売買

ロマニア[1]にあるアレクサンドリア[2]（というのも十二のアレクサンドリアが存在し、それらをアレクサンダー大王が崩御される前の三月に作らせたのだが）に、いくつか通りがあり、そこにはサラセン人らが住んでいた。彼らは料理をして商いをしていた。あたかも私たちのような人間が布地を探す時のように、人々は最高の味の上品な食べ物を売る適当な通りを探していた。ある月曜日、ファブラットという名のサラセン人の料理人が自分の台所にいると、ひとりの貧乏なサラセン人が手に一切れのパンをもってその台所に現れた。彼は食べ物を買うだけの金を持ち合わせていなかった。そのようなわけで、彼はパンを鍋の上にかざし、蒸気をあてた。パンは食べ物から出ていた蒸気を含ませ、パンにかじりついた。このようにして彼はそれを食べたのであった。このファブラットという男、その朝の商売がうまくいっていなかった。彼はこのことにイライラし、癇癪を起こしていた。そしてこの貧しいサラセン人を捕まえて、彼にこう言った「俺のところから取っていった分の金を払え」と。貧乏人は答えた「俺は蒸気のほかはあんたの台所からは何一つ取ってはいないよ」と。「お前が取った分を支払いやがれ」とファブラットが言った。諍いはひどくなり、かつて持ち上がったこともないような風変わりで難しい問題であるために、その知らせはスルタン[3]の耳にまで届いた。するとそのスルタンは大変珍しいということで、賢者らに召集をかけ、彼らのもとに使いを遣った。スルタンは疑問を呈した。サラセンの賢者らは綿密に調べ始めた。そしてあるものは蒸気は料理のものではないと、多くの理由を付言し議論をした。つまり蒸気は止めてはおけないし、空気中に戻すこともできず、実体も有用な属性もないというのだ。ゆえに彼には支払い義務はない、と。他の者はこのようなことを言った「蒸気はそれでも食物に組み込まれており、その権限の中に存するし、その属性の内より生じていた」と、「その者は自分の職業として商いをするべくそこにいたので、それを奪った者は支払うのが決まりだ」と。多くの意見が交わされた。最終的に決定が下された。「彼はそこで品物を商いをしており、他の者は買うのである」彼らは言った「陛下、公正なお方よ、正当に彼の品に対し彼に支払いをさせたまえ、その価値に応じて」と。「もし彼が売る料理について有用な属性を与えるならば、有用な金を取るのが常である。それならば彼は料理の非物質的な部分である蒸気を売ったのだから、それでは硬貨一枚をチャリンと鳴らし、そこから出てくる音とその支払いは折り合うとみなしなさい」と。かくのごとく、その判断が遵守せられるようスルタンは命じた。

（1）C. Segre によれば原文 Romania は一般にレヴァント（東部地中海及びその沿岸諸国）を指しているという。
（2）アレクサンダー大王崩御前に建設された十二の都市は教訓的寓話詩 *L'intelligenza*（十三世紀初頭から十四世紀）に詳しい記述が見られる（II. 238-39）。
（3）このスルタンはサラディン（Saladin, or Salah ad-Din Yusuf ibn Ayyub、一一三七（三八）－一一九三）のことであると思われる。十字軍を打ち負かし、イエルサレムを奪回したことで有名。

X　ここでは領民《ボルゲーゼ》(1)と巡礼者の間でバーリ(2)の下僕(3)が述べた素晴らしい裁定が話される

あるバーリ市民がローマへ巡礼に行って次のような条件と協定で三百ビザンティン金貨(4)を彼の友人に置いて行った。「俺は神の思し召しで参りますが、もし帰らなければ、このお金をわが魂の冥福を祈って与え給え。しかし、もし決まった期日に帰ったなら、君が望む金額を返し給え。」その巡礼者はローマへ巡礼に行って指定された期日内に帰って来て、彼のビザンティン金貨の返還を要求した。友人は答えた。「われらの協定を話して聞かせよ。」ローマの巡礼者はそれを正確に言った。「君はそれを正確に言った。」と、彼の友人は答えた。俺は君に十ビザンティン金貨を返し、二百九十金貨を持っていたい。」その巡礼者は怒り出して言った。「これは何たる信義だろうか？　君は俺から偽って奪い取ったのだ。」すると友人は優しく答えた。「俺は君に不正をしていない。もし不正をしたなら、われわれは領主さまの審判の前に出よう。」(5)彼はこの件で告訴された。バーリの下僕がその審判者であった。彼は当事者らの言い分を聞いて尋問した。そこから、彼は次の判決を下して、ビザンティン金貨を手放さぬ男に次のように言った。「二百九十ビザンティン金貨をその巡礼者へ返しなさい。すると、巡礼者は君が返金した十金貨を君に与えるであろう。なぜなら、二人の協定はこうであった。即ち、君が望むもの（金額）を友人へ返すこと。君は二百九十金貨を望んだのであるから、それらの金貨を返金して、君が望まなかった十金貨、それを受け取るがよい。」

（1）原文 'borghese' は中世には近隣の街や村の住人を意味した。
（2）長靴方のイタリアの踵にあたるプーリア州の州都を指す。
（3）この「バーリの下僕」は裁判官ではなく、十三世紀の吟遊詩人でプロヴァンス起源の道徳的なシルヴェンテーゼ詩形の詩篇や諺集を創ったと言われる。彼はその道徳的で思慮分別のある諺集で裁判官の名声を博したと言われる。
（4）ビザンティン帝国の貨幣とその模造品を指す。
（5）中世のイタリアの都市国家は領主によって統治された領主国《シニョリア》とも呼ばれた。

XI　ジョルダーノ先生[1]が邪な弟子に裏切られた話[2]

ひとりの医者がおりました。名前をジョルダーノといい、彼には弟子が一人おりました。ある王様の子息が病にかかりました。そのお医者は王のもとへ行ったところ、彼が回復するのは明らかでした。しかし弟子は師匠の評判を落とすために、その父王に言いました。「御子息様の助かる見込みはございません」と。師匠と言い争いをしていると、弟子は病人の口を無理やり開け、小指でもって舌に毒をつけたのです（舌に関してよく知っているという素振りをして）。すると彼は死んでしまいました。その医者はその場を立ち去り、彼の評判は落ち、弟子は患者を奪ってしまいました。その後、その先生はロバしか診療しないと心に決め、四足獣や小さな動物などを診たのでした。

（1）この人物はカラブリアのジョルダーノ・ルッフォ Giordano Ruffo であると特定されている。『馬の治療について』*De cura equorum* の著者。フェデリコ二世に随行した獣医で、Marescalcus totius regni Siciliae の位を有するまでになった。

（2）Lo Nigro と Segre は、この話の種本となっているのは *Trattati di mascalcia attribuiti ad Ippocrate Tradotti dall'arabo in latino da Maestro Moise' da Palermo voigarizzato nel secolo XIII* であるという。

XII　アミナダブ(1)がダヴィデ王に敬意を表した話

アミナダブはダヴィデ王の補佐官で、ダヴィデ王の命令により、これまでないほどの大軍隊を率いてフィリステイ(2)にやって来ました。アミナダブは、その都市がこれ以上持ち堪えられず、まもなく陥落するであろうことが分かると、ダヴィデ王に人を送り、陣営について心配であるため、もしよろしければ大軍とともに戦場に来ていただけないかと頼みました。ダヴィデ王は急いで行動し、戦場に赴きました。彼の補佐官であるアミナダブに尋ねました「どうして余をここに来させたのだ」と。アミナダブは答えました「王様、都市《まち》はもはや陥落寸前でしたので、このような勝利の栄誉はわたくしのようなものが得るよりもあなた様のような方に得ていただきたかったのです。」そしてその都市に攻撃をしかけ、勝利を収めました。しかしてダヴィデは栄誉と栄光を得たのでした。

(1) アミナダブはレビ人で、ダヴィデの時代の家長の一人。契約の筐をエルサレムに運ぶ手伝いをしたと言われる。「歴代誌上」15：10－12参照。
(2)『旧約聖書』中ではラバというアモン人の都市であった。現在のアンマン。この話の下敷きとなっているのは「サムエル記上」12：26－31である。

XIII ここでは、楽しみのためにシターン[1]を弾かせたアレクサンダー大王をアンティゴヌス[2]が叱責した様子について語る

アレクサンダー大王軍の指揮官であるアンティゴヌスは、ある日、アレクサンダーが娯楽のために音楽を奏でさせ、シターンが演奏されると、シターンを手に取りそれを壊し、泥の中に投げ入れてしまった。続けてアレクサンダーにこのような言葉を述べた「あなた様の年齢《よわい》においては、国を治めるのが先決で、シターンを奏でさせることではありませぬ。またこうも言えますぞ、すなわち身体は王国であり、恥ずべきは（生活の）乱れであります、まるでシターンの（響きの）ように。それならば美徳で国を治めている者は恥を知るが良く、淫蕩に悦びを見出し給え」と。[3]

アレクサンダーと戦を交えたポルス王[4]は、食事時にシターンの弦をシターン奏者に切らせた。そしてこのような言葉を述べた「堕落するよりは切る方が良い。というのも徳は甘い調べのうちに消えて無くなってしまうがゆえに」と。

（1）リラに似た古代の楽器。
（2）アンティゴノス一世 Antigonus I のこと。アレクサンダー大王軍の将軍であった。前三〇一年、イプソスの戦いで死亡した。
（3）アレクサンダー大王についての道徳的な逸話は中世では特に人気があった。
（4）ポルス王 Porus はインドの王でアレクサンダー大王と戦いヒュダスペス河畔で敗れた（前三二六年）。

XIV　ある王様が自分の息子を十年間、暗い場所で養育し、その後息子にあらゆる物事を見せた結果、女好きになってしまった次第(1)

ある王様にひとりの息子が誕生しました。学識深い占星術師らは次のようなことを予見しました。王子が十年間太陽を見ないようにさせなければ、視力を失うことになろうと。そのようなわけで暗い洞穴の中で息子を育て面倒をみたのでした。先に述べました時が過ぎると息子を外に連れ出し、彼の目の前にこれまたないような美しい宝石や絶世の美少女たちを置き、すべてについて名を示しながら、少女というのは悪魔なのだと言い聞かせました。(2)そしてどれが最も彼の気に入るだろうかと尋ねました。彼は答えました。「悪魔たちさ」と。王様はこれにたいそう驚かれ、こういうのでした「女というものの抗しがたい力と美しさとは何たるか」と。

(1) このノヴェッラは仏教説話に由来し、中世キリスト教世界で民衆に広く知られた作品であるダマスコの聖ヨハネの『バルラームとジョサファト』第三〇章に見られる話のパラフレーズである。
(2) 『デカメロン』第四日の序で語られるフィリッポ・バルドゥッチとその息子のメタ・ノヴェッラとしてボッカッチョが取り入れると、この話はイタリア中に広まった。ただし『デカメロン』では幾分改変されて軽妙な雰囲気になっている。

XV　ある国の王とその息子が法の順守のために片目を取られた顛末について

ヴァレリウス・マキシムス(1)はその著第六巻で(2)、ある国の統治者であるカログヌス(3)は、もし他人《ひと》の妻と姦通すれば、両眼を失わねばならぬと命令した、と語っている。暫くすると、彼の一人の息子がこの罪を犯した。全市民は彼に慈悲をと大声で叫んだ。そして、慈悲はじつに良い有益なものと考え、しかし正義が滅びてはならぬとも思いながら、慈悲を求めて大声で叫んだ彼の市民の愛情が彼を追い詰め、それらの両方、つまり「慈悲」と「正義」を守る対策を講じた。こうして、彼は息子から片目を引き抜き、自分自身からもう一つの片目を引き抜くことを判定して判決文を宣告した。(4)

(1) 紀元一世紀のティベリウス帝治世時代のラテン作家で、作品に中世時代に学校教本として大いに利用されたローマ史の逸話集から成る『著名言行録』*Facta et Dicta memorabilia* がある。
(2) 特にこの書の第六巻には「貞節」、「厳格」、「正義」、「忠誠」等々の道徳的資質を多く記述される。
(3) ヴァレリウス・マクシムスは『著名言行録』の「第六巻―例話3」の中で、この話の主人公を古代ギリシア中部のロクリア地方の半ば伝説的立法者であるザレウクス（Zaleucus）としている。この「カログヌス」（Calognus）は他の読み方では「セレウクス」（Seleucus）とも呼ばれて、この人物は Seleucus I Nikator と呼ばれる紀元前四世紀頃のマケドニア生まれのアレクサンダー大王の部下で、その死後に大帝国の近東地域に建国して王位に就いたとされる。
(4) キケロ『法律論』*De legibus* の I, 57及び II, 14-15 の中にも現われる。

XVI　聖パオリーノ司教[1]の深い慈悲について

聖パオリーノ司教はとても慈悲深いお方で、とある貧しい女が牢獄にいる自分の息子のため恩情を請いました。すると聖パオリーノは答えられました「わたしにはあんたを助けられるものはなにも持っておらんのじゃ。けれど、こうしよう。わしをあんたの息子のいる牢屋まで連れていっておくれ。」彼女は彼をそこに連れていきました。彼は牢屋に入ると牢番の手を握り、こう言われたのでした「あの女に息子を返してやってくれませぬか。その代わりにわたしを捉えていただきたい」と。

（1）パオリーノ・ディ・ボルドー（約三五三―四三一年）のこと。四〇九年にはノーラの司教であった。ヴァンダル人が町を侵略すると、司教は人質の身代金を払うために自らの財産をすべて売り払った。このエピソードはグレゴリウス一世の『イタリア人教父の生涯と奇跡さらに魂の永遠に関する対話』*Dialogorum de vita et miraculis patrum italicorum et de aeternitate animarum* 第四巻にあるが、『ノヴェッリーノ』の著者はおそらくフランス語の縮約版『古の教父らの生涯』*Vies des Anciens Pères* からとったのかもしれない。

XVII

ある両替商が神のために行った偉大な施しについて(1)

両替商のピエロはたいへんな資産家でありましたが、とつぜん篤志家になってしまいました。はじめ、なんと全財産を貧乏人に喜捨し、それから所有していた物をすべて与えてしまうと、今度は自分を身売りし、それで作った金をすべて貧しい人びとに与えましたとさ。

(1)『ノヴェッリーノ』で用いられている話は『黄金伝説』*Legenda aurea* の慈悲深き聖ヨハネのたとえ話に現れる収税人ペテロの一部を切り取ったものである。

XVIII

カルロ大帝(1)の男爵に神が下した裁きについて

カルロ大帝（シャルルマーニュ）は、サラセン人に戦闘を仕掛けている時、命が危ぶまれたので、遺言状を作らせました(2)。特に彼の馬と武器を貧しい者たちに遺し、そしてひとりの男爵にそれらを売り払い貧しい者たちにその売った金を与えよと任したのでした。けれどもその者は馬と武具を独り占めし、命令に背いたのでした。シャルルマーニュは彼のもとに現れ、こう仰いました。「おぬしは余に八代にわたる苦しみを煉獄にて与えたのだぞ。おぬしが受け取った馬と武器のために。だが、わが主のお恵みで、罰は清められ天に赴くが、今度はおぬしがそれを苦しみながら支払うことになろう」と。すると、そこにいた多くの人びとの目の前で、天から稲妻が落ちてきて、そのまま彼を地獄へと連れて行ってしまいました。

（1）カルロ大帝（七四二―八一四）は小ピピン王の息子でフランク王となり、のちにローマ皇帝となる。一部を除き西ヨーロッパはほぼ彼の統治下に入った。

（2）*Historia Karoli Magni et Rotholandi* 第七章に類話が見られる。

XIX　若王[1]の偉大なる寛大さと礼節について

　ここではベルトラモ[2]（＝ロベール・ド・ベルトラン）の助言によって父王（ヘンリー二世）に反旗を翻して戦った若王の善意について読むとする。このベルトラモは自分が他の誰よりも賢いと自慢した[3]。これから多くの意見が生まれて、そのいくつかの意見がここに書き留められる。ベルトラモは若王に彼の父王がすべての財宝を自分に与えてもらうように命令した。息子は執拗に要求したので彼はそれを手に入れた。彼はこれらすべてを心優しい人びとや貧しい騎士らに与えたので、実際に彼には何も残っていなく、彼は与えるものが最早持っていなかった。ある旅芸人が彼に贈り物を要求した。彼はすべてを与えてしまった。「しかし、わが父がわたしの口の中のその他の歯の中から汚い一本の歯（虫歯）をわたしに首尾よく抜かせた人には二千マルク[4]を与えた金額分だけは今でもわたしに残っている」と、若王は答えた。父のところへ行って、そのマルクを父に払わせなさい。そして、わたしは君の要望に応じてその歯を自分で抜きます。その旅芸人は父のところへ行ってそのお金を受け取った。そして、若王は自分でその歯を抜いた。

　そして、とある別の日に、彼はある貴族へ偶々《たまたま》二百マルクを与えた。その執事[5]、即ち宝庫管理人はそれらのマルクを受け取り、ある部屋に絨毯を敷いて、その上にそれらのマルクを注ぎ込んで、その山なりがより大きく見えるように、絨毯の下に綿の縺《もつ》れを置いた。そして、若王がその部屋に入った時に、宝庫管理人はその山なりを若王に示して言った。「さあ、若殿さま、ご覧あれ、陛下がどれ程お与えになったかを！　陛下には何でもなく思えます二百マルクとはいかに大金かを御覧下さい。」若王はその山なりを注視して言った。「かかる勇敢な人に与えるには少額のように見える。彼に四百マルクを与えなさい。なぜなら、わたしが実際に見るまでは、二百マルクは遥かに多額の金と思っていたからである。」

（1）イングランド王ヘンリー二世（一一五四―一一八九）の息子の若王（一一八三年没）を指す。ダンテは『神曲』「地獄篇第二十八歌」一三五行で彼を‘re giovane’「若王」と言及している。

（2）ベルトラン・ド・ボルン（一一四〇?―一二一五?）はサラニャック生まれの有名なトルバドゥールの一人であったが、ヘンリー二世へ強い憎悪心を掻き立て、その子若王を説得して父王に反目させた。このために、「不和の種子を蒔く者」の廉でダンテによって「地獄篇XXVIII」で地獄落ちさせられた。

（3）彼の「古伝《ヴィダ》」によれば、彼は自分がじつに立派な人間であるので、彼は自分の全知を必要としないと常に嘯いていたとされる。

（4）「マルク」は通貨として発行されない計算貨幣であった。

（5）原文‘Siniscalco’とは中世では主人に忠告し、また主人の財産管理等をする「老下僕」、つまり「執事」を意味した。

XX　イングランド王[1]の偉大な寛大さと礼節について

イギリスの若き王は金離れがよく、なんでも与えてしまうお人であった。ある日、ひとりの貧しい騎士が銀杯の蓋を見た。そして彼の魂の底で自分に向かって言った「あの蓋を隠して持ち帰ったら、家族は何日も食いつなぐことができるだろう」と。すると彼は（マントの）[2]下に銀製の蓋を入れた。執事[3]が食卓を片付けながら銀食器の確認をした。彼は一つなくなっているのに気づいて、大きな声を出し、門のところで騎士を一人一人調べさせた。若王はすでにその貧しい騎士の所業に気づいていたので、静かに騎士に近づいて、こう囁いた「余のマントの下に入れよ。余を疑うものはおらぬだろう」と。するとその騎士は非常に恥じ入って、言われたようにした。若王はそれを扉の外に出て彼に与えた。後日、王は彼を呼んで、銀の盃の方を与えた。それにまして気前の良いことには、ある晩、貧しい騎士たちが王は寝入っているものと思い込み、寝室に忍び込んだ時のことだった。彼らは衣類と武器を一箇所に集めた。一人だけ、王の掛けている高価なブランケットが残っているのが気になっていた。彼はそれを手に摑むと引っ張り始めた。王は剝がされないように男が引っ張るとその反対側をつかんで押さえていた。もっと強く引っ張ろうと、他の騎士も手を貸した。すると王は口を開いた「これはただの窃盗ではなくて、力づくでの強盗になるぞ」と。はじめ王は眠っていると思っていた騎士たちはこの言葉を聞くと逃げだした。

ある日、この若王の父である老王が彼を強く叱責したことがあり、こう言うのだった「倅《おまえ》の宝物はどこにあるのじゃ」と。それに彼は答えて「父上、わたくしの宝は父上のもの以上にございます」と。これより「そうだ」とか「ちがう」という応酬が続いた。互いに双方の宝物を示そうと集めていると、朝になった。若王は国中の貴族に指定された日にその場所へ来るよう招かれた。父王はその日、立派な天幕《パヴィリオン》を建てさせ、お盆にのせた金銀や壺を出させ、たくさんの武器、また数え切れないほどの貴重な宝石の類を置いた。それらを敷物の上に置き、息子に向かって言った「お前の宝はどこか」と。すると若王は鞘から剣を抜いた。すると召集された騎士たちは通路や広場から駆けつけ、その場は騎士で溢れんばかりであった。父王は逃げることができなかった。金は若王の支配に移り、彼は騎士たちにこう告げた「さあ手に取りたまえ。宝は汝らのものゆえ」と。ある者は金を、ある者は壺を、ある者はある物を、またある者は別の物を取っていくと、あっという間にすべてなくなってしまった。その後、父王は息子を打ち負かそうと軍を集めた。若王はベルトラン・ド・ボルン(5)とともに城内に閉じこもった。父王は城を包囲した。ある日のこと、若王は油断のあまり、不運にも一本の矢が彼の額を貫き(6)、そしてその不幸が元で死に至った。しかし彼が死ぬ直前、債権者がこぞってやってきて彼らが若王に貸した宝物の賠償金を求めてきたのだった。若王は答えた「みなさん、悪い時にいらっしゃった。みなさんの宝はなくなってしまいましたぞ。自分の武器までくれてしまったのですから。余は衰弱しており、みなさんはもはやわたしから誓約を取り付けることはできませんぞ」と。そういうと一人の公証人を呼びにやり、公証人が来ると慇懃な王はこう言った「書き記せ。彼らがすべてきちんと支払われるまで余の魂を永遠の牢に繋ぎおく」と。そういうと彼の命は果てた。彼の死後、債権者らは父王のところへ行き、金を要求した。父王は彼らに向かって厳しい返答を与えた「余が息子に余に対し戦を起こすため金を貸したのはおぬしらじゃ。ここを立ち去るがよい。さもなくば、おぬしらの心臓と持ち物を力づくでもぎ取ってやろうぞ」と。すると一人の男が口を開いて言うには「王様、我々は失うわけにはまいりません。というのも王様のご子息の魂を我々は牢の中にとどめておりますので」と。それに対し、王はどうしてそうなっているのかと尋ねた。彼らはあの文書を見せた。すると王は恥じてこのように言った「かくも大胆な男の魂が金のために牢に繋がれているのは神もお望みではなかろう」と。王は、彼らに支払いをするよう命じ、そのように支払われた。その後、ベルトラン・ド・ボルンは王の軍にわたり、王は彼にたずねて訊くには「汝はこの世で最高の智者であると言っていたが、その智恵はいま何処《いずこ》にあるのか」と。ベルトランは答えた「王様、私にはもうそれはございません」と。「いつ無くしたというのじゃ」「王様、あなた様のご子息がお亡くなりになった時でございます」これを聞くと、王はこの男の智恵は王の息子の寛大さによるものであったことを悟り、ベルトランを赦免してたくさんの見事な贈り物を彼に与えた。(7)

（1）第十九話（XIX）の注（1）に同じ。
（2）「マントの」に当たる原語はないが、当然含意されている。
（3）第十九話（XIX）の注（5）を参照。
（4）老王とはイングランドのヘンリー二世を指す。
（5）ベルトラン・ド・ボルンについては第十九話（XIX）の注（2）を参照。

（6）「古伝《ヴィダ》」には「ついに若王はベルトランの城にて矢を受けて死んだ」との記述がある。（*Vidas*, P. 19）

（7）ベルトランと老王のやりとりは「古伝」第十七章に見られる。（*Vidas*, p. 19）

XXI　三人の魔術師[1]がフェデリコ帝[2]の宮廷にやってきた次第

フェデリコ帝はかくも高貴なる君主であらせられ、各地から彼のもとに豊かな才能のある人々がやってきた。というのもフェデリコ帝は気前が良かったし、特別な能力を持っているものに対してはよくもてなしたからだ。彼のところには演奏家、吟遊詩人、物語師、魔術師、馬上槍試合選手、剣闘士そしてあらゆる種類の人々がやってきた。フェデリコ帝が食卓について手洗いを用意させ、テーブルが整えられると、三人の旅のマントをまとった魔術師が彼に加わった。三人は彼に早速挨拶を済ますと、帝は彼らに尋ねた「あなたがた三人のうちでリーダーは誰かね」と。一人が進み出てこういった「陛下、わたくしめでございます。[3]」すると皇帝は彼に是非とも魔術を見せて欲しいと頼んだ。そこで彼らは魔法をかけ、彼らの技を見せた。天気は荒れ模様となり、突如として雨が降り出し、雷鳴が轟き、稲妻が走り、稲光がぴかっと光って、鉄の玉のようなあられが落ちて来るのではないかと思われた。騎士たちは広間を抜けてあるものはこちらへ、あるものは別の方へという風に逃げて行った。空は再び晴れ上がった。魔術師たちは暇乞いをし、その見返りを求めた。皇帝は言った「いってみよ」と。彼らは皇帝に最も近くにいたサン・ボニファツィオ伯爵[4]を求めた。彼らはいった「陛下、我らの敵に対し助けてくれるよう、彼にお命じください」と。皇帝はそのことを彼に大層熱心に説いた。伯爵は彼らとともに出発し、美しい町へと連れて行った。高貴な血を引く騎士に引き合わせ、彼らは美しい駿馬と見事な武具を用意し、伯爵に向かって行った「これらをあなたのお好きなようになさってください」と。敵が戦いにやって来た。伯爵は敵を打ち負かしその町を救った。その後、三度の野戦を交え、町を取り戻した。彼らは彼に妻を娶らせ、男の子を授かった。その後、多年にわたりそこの領主となった。彼らは非常に長いこと彼と会うことはなかったが、ずいぶん時間が経ってから彼らは戻って来た。伯爵の息子は満四十歳にもなっていた。伯爵はすでに年老いていた。魔術師らは戻って皇帝に会いに宮廷を訪れたいと言った。伯爵は答えた「帝国も今や随分と変わったであろうし、人々もみな入れ替わってしまったろう。どこに戻れというのだ」と。すると魔術師たちは言った。いずれにせよ我々はあなたをお連れしたいのです」と。彼は（再び）出発した。彼らは長時間にわたり歩き続け、ようやく宮廷に到着した。彼らは、魔術師たちとともに伯爵が立ち去った時に帝がしていたように、未だに食事をしようと手を濯いでいる最中の皇帝とその封候たちがいるのを見た。皇帝は伯爵に話をしてみよというと、伯爵は語り始めた「私は妻を娶り、息子たちも四〇歳になっております。三度の会戦も交えました。万事混乱しております。どうしてこのようになったのでしょうか」と。皇帝はいたく喜んで彼にその話を語らせたのでした。

（1）原語では'maestri di nigromanzia'であるが、この場合、死に関連しない魔術使いであるから原語にあるnigromanziaという語は適切ではない。

（2）『ノヴェッリーノ』ではフェデリコ一世と二世の区別は特にされていないが、ここでは時代から考えてフェデリコ二世であると思われる。

（3）Michael Scot（一一九〇?－一二五〇?）についての再話。Michael Scot は言語学者、科学者、哲学者で、ボローニャやパリで教えたが、のちにフェデリコ二世の宮廷で占星術師として活躍した。『デカメロン』第八日九話に現れ「黒魔術の大先生」といい、ダンテは「地獄篇」（第二十歌、一一五－一一七）で予言者や魔術師と一緒に地獄に落としている。

（4）Riccardo di San Bonifazio のこと。フェデリコ二世と手を組んでいたが、のちに敵となった。

XXII

皇帝フェデリコ(1)から大鷹(2)がミラノの市街《まち》へ逃亡した顛末

皇帝フェデリゴがミラノを包囲していると、(3)彼の一羽の大鷹が逃げてミラノの市街《まち》の中へ飛んで行った。皇帝は使節団を送って、この大鷹を返すよう要求することを命令した。ミラノの執政長官(4)はこの件に関し会議を開いた。多くの熱弁者らが出席した。全員がその大鷹を引き留めて置くより返還する方が礼節に適うと言った。長い間その執政長官に助言してきた一人の年老いたミラノ人は次のように言った。「この大鷲は皇帝さながらわれらの許へ飛んで来た。そのため、われわれは彼がミラノ地帯に惹き起こした諸々の苦難を彼に後悔させることができよう。それゆえに、わたしはこの大鷹を彼に送り返さぬことを勧める。」使節団は戻って、会議で起こった通り皇帝にすべてを語った。皇帝はこれを聞いて言った。「これは一体どういうことかね？　われわれの提案に反論する者がミラノにはいたのかね？」使節団は答えた。「はい、まさしく陛下。」「この男とは誰であったのか？」「はい、彼は老人でした。」皇帝は答えた。「老人がかくも大きな侮辱を言うなどはありえない。」「陛下、それがまさしく起こったのです。」「言って見よ、彼はどんな容子で、どんな装いだったのか？」「はい、彼は白髪で衣服は縞模様でした。」「これは信じられる。」と皇帝は言った。「狂人だけが縞模様の衣服を纏っているからだ。(5)」

（1）神聖ローマ皇帝兼シチリア王フェデリコ二世（一一九四－一二五〇）。本書の七つの話の中で扱われる最も人気のある登場人物。彼は初代スルタンのサラディンの血を引くアル・カーミルとの外交交渉により聖地エルサレムの期限付き返還を取り付け、またルネッサンスを先取りした賢王としても有名である。
（2）フェデリコ二世は熟練した鷹匠であり、また彼自身がラテン語で書いた『鷹による狩猟術について』*De arte venandi cum avibus* を著した。
（3）彼は治世下にミラノを二度包囲し、一二三七年にはロンバルド同盟軍を破った。
（4）原文'podesta'「執政長官」は中世イタリアの町や都市国家で毎年選挙によって選挙される主要行政官をいう。
（5）当時、救貧院がその在院者らを物乞いの巡回へ送り出して基金を殖やす時に、本物か否かが分かるように、彼らが着る衣服を統一し規制する慣わしがあったとされる。

XXIII

フェデリコ帝(1)がある泉のところでひとりの庶民に出会い、（水を）飲んでも良いかと尋ね、皇帝がその者の杯《カップ》を取った次第

皇帝がいつものように緑の服(2)を着て狩りに出かけると、ある身分の低い男に泉のところで出会った。彼は緑の草の上に真っ白な布を広げて、ワインの入った柳の木でできた杯《カップ》ときれいな固いパンをもっていた。皇帝がやってきて彼に飲ませてくれるよう頼んだ。貧乏人が答えるには「なにでもってあなた様に飲ませましょうか。この杯にあなた様の口をつけてはなりません。角杯でもお持ちであれば、ワインを喜んで差し上げるんですが」と。皇帝はお答えになった「お前さんのその杯を余に貸してごらん。誓って、わたしの口をそれにつけることはないから」と。彼はそれを皇帝にわたした。皇帝は約束を守った。けれども彼はそれを返さず、それどころか馬をかって容器を持って行ってしまった。皇帝の騎士のだれかであろうと狩猟用の服装から彼は確信した。次の日、彼は宮廷へ出向いた。皇帝は門番に向かっていった「かくかくしかじかの者が現れたならば、余の御前に通すがよい。決して門前で止めてはならぬぞ」と。するとその彼がやってくると、皇帝の前に通された。彼は杯が取られたことについて不平を並べた。皇帝は彼になんどもその話をさせ、大変に愉しまれた。封候らは大喜びでそれを聞いていた。そして皇帝はおっしゃった「お前の杯とやらを覚えているか？」「はい、陛下」するとと皇帝は杯を取り出して、取ったのは自分であることをお示しになられた。その後、皇帝はこの

男の正直さのために、非常に気前よく贈り物をお与えになった。

（1）フェデリコ二世のこと。
（2）フェデリコ二世はその著『鷹による狩猟術について』の中で狩猟時の理想的な服装について述べている。

XXIV 皇帝フェデリコ(1)が二人の賢人に質問して彼らに報酬を与えた経緯《いきさつ》

皇帝フェデリコ陛下は二人のじつに立派な賢人を持っていて、一人はボルガロ殿(2)という名を持ち、他方はエム殿(3)と名乗った。ある日、皇帝は一人が彼の右側に、他方は彼の左側に侍らして、(4)これらの二人の賢人らの間に立っていた。そして、皇帝は彼らに一つの質問をしこう言った。「諸君、貴候らの法律によると、余が主君であるという以外に何の理由もなくして、余が望む臣民の一人から奪って、それを他の一人に与えることができるであろうか？　しかも、法律とはその君主に嬉しいことが、彼の臣民らの間では法律であるという。余に嬉しいことであるため、余はそれを実行できるか否か、余に教えたまえ。」二人の賢者の一人が答えた。「陛下、あなたは陛下の臣民らにご自分に嬉しいことは何事をしても、罪とはなりません。」もう一方の賢人は答えて言った。「陛下、わたしはそうは思えません。法律はじつに公正なものであり、その条件は厳に公正に守られ信奉されねばなりません。陛下が誰かから奪い取る時に、彼はその理由と誰に与えるかを知りたいと思うでしょう。」両方の賢者とも真実を言ったので、皇帝は彼らの両方に報酬を与えた。一方には深紅色の帽子と白い乗用馬を与えて、他方には彼が欲するままに法律を作る機会を与えたのである。これから、賢者二人の間でいずれがより豊富に施されたかの質疑が続いた。皇帝は御意のままに与え且つ奪うことができると言った者には、皇帝を褒め称えた旅芸人に対すると同じく衣服と乗用馬を与え、公正さを墨守する者には法律を作る任務を与えた。

（1）神聖ローマ皇帝フェデリコ一世赤髭王（一一二三？－一一九〇）を指す。

（2）一一四〇年生まれのボローニャ貴族の医者。また彼は当時市民法の解釈・説明の第一人者と言われた人物である。

（3）マルティノ・ゴシオ（Martino Gosio）は一一五〇生まれの貴族であり医者。彼も市民法の最初の注釈者の一人とされる。

（4）上記相対する見解を持つ二人のボローニャの医者兼市民法の解釈者らを赤髭王の左右両側に配置することはその状況の喜劇的雰囲気を高める効果があると思う。

XXV　スルタン(1)がある者に二百マルクを与え、それを彼が見ている間に宝物管理人が書きつけた次第

サラディーノはスルタンであり、かくも高貴なる君主で、勇敢にして寛大であった。ある日、ある者に二百マルクを与えた。その者はサラディーノに冬に暖炉の熱で暖めて咲かせた篭いっぱいの薔薇を進呈したのだった。すると彼の宝物管理人は彼の前で支出を記録した。ペンをスラスラと走らせ、三〇〇と書いた。サラディーノは彼にいった「何をしておる」と。宝物管理人は答えた「陛下、書き損ねました」と。そして彼は余分な者を消そうとした。するとスルタンがいった「消すな。四〇〇と書いておけ。お前のペンがわたしよりも寛大であったなどということになれば、不幸というものだ」と。

このスルタンは、その地位にある間、彼とキリスト教徒との停戦を命じ、我々の習慣をご覧になりたいと言い、それらが彼の気にいるようならばキリスト教徒になってもいいということであり(2)、停戦が批准された。サラディーノ自身がやってきてキリスト教徒の習慣を見ていった。彼は真っ白なテーブルクロスのかかった食事用のテーブルを見て、たいそう褒めた。それから他のテーブルから離れて置かれているフランスの王(3)が食事をしていたテーブルの配列を見て、激賞した。また（その国の）高位のものたちが食事をしているテーブルをみては褒めちぎった。貧乏人が地べたにすわって卑しく食

事をしている様子もみた。[4] このことについては強く非難し、たいそう責めた。というのも彼らの主の友人が卑しくもそして低いところで食事をしていたので。今度は、キリスト教徒が彼らの習慣を見に出かけた。サラセン人は地べたでひどく下品に食事をとっていたのをみた。そしてスルタンはかくも豪華にテントを張らせ、そこで彼らは食事をとっていた。そして地面はカーペットで覆われ、そのカーペットは細かい十字架の模様が刺繍されていた。愚かなキリスト教徒が中に入り込んで、足でその十字模様を踏みつけ、まるで地面のうえであるかのように唾を吐いた。するとスルタンは口を開き、激しく彼らを叱責した「汝らは十字を説きながら、それをこうも蔑むのか。どうやら汝らは行為においてでなく、言葉つらだけで汝らの神を敬愛しているようだな。汝らの振る舞いもやりかたも余の気にいるものではない」と。停戦は破られ、戦争が再開された。

（1）Saladino「サラディン」もとはアラビア世界における政治的な権力を行使し得る職位。
（2）この話は *Historia Karoli Magni et Rotholandi* の一二章、一三章から取られている。
（3）フィリップ二世（一一六五－一二二三）のこと。
（4）「ルカによる福音書」6：20参照。

XXVI

ここではフランスのある市民について語られる

あるフランスの市民は大変に別嬪な妻を持っていた。ある日、彼女は都市《まち》出身の他の女らと一緒にあるお祭りに行った。そして、そこには人びとに熱い視線を向けられる飛び切り美人がいた。すると、その市民の妻は独りごとを言った。「もしわたしが彼女のような大変に美しい衣裳を持って（着て）いたら、彼女と同じように皆に見つめられるだろう。なぜなら、わたしは彼女と同じように美人なのだから。」こうして、彼女は憤然とした表情で帰宅し夫のもとへ行った。彼女の夫はなぜ彼女が憤然としているのか繰り返し彼女に尋ねてみた。すると、その女は答えた。「なぜなら、わたしは他の女性らと一緒にいられるように着飾っていなかったからです。あのようなお祭りで、わたしほど美人でない他の女性らはじろじろ見つめられたが、わたしは醜い衣裳のため見つめられませんでした。」その時、彼女の夫は彼が手に取る次の稼ぎで、彼女に綺麗な衣裳を作る約束をした。数日たつと、ひとりの市民が彼のもとへ来て、十マルク貸してくれと頼んだ。彼はある一定の期間には二マルクの報酬（利子）を申し出た。その夫は答えた。「儂《わし》はそのようなことは決してしない。儂の魂が地獄へやむなく落とされるから。[1]」すると、妻が答えた。「ああ、なんて不実な裏切り者よ、あなたは妾《わたし》に衣裳を作らないためそうするのね！」するとその時、この市民（夫）は妻のきつい小言のため、二マルクの利子で金を貸して、彼の妻に衣裳を作った。彼の妻は他の女性らと修道院へ行った。その時に、そこには予言者メルリーノ（マーリン）[2]がいた。ある人が彼に話しかけて言った。「聖ヨハネにかけて、あの方はじつに美しいご婦人である。」すると、賢い予言者メルリーノは話しかけて言った。「彼女は本当に美しい、もし主なる神の敵どもが彼女の衣裳に係りを持たなかったなら。」すると、その女性は彼に向って言った。「主なる神の敵どもがどう妾《わたし》の衣裳に係りを持ったのかを言ってよ。」彼は答えた。「ご婦人よ、それをあなたに申しましょう。あなたがあのお祭りに行き、そこであなたの醜い衣裳のため、他の女性らはあなたよりも皆に見つめられた時のことを覚えていますね？　そして、家へ帰って、あなたの夫に憤然とした表情をして、夫は手に取る次の稼ぎであなたに衣裳を作る約束をしましたね？　そして数日後に、ある市民があなたの夫の許へ二マルクの利子で、十マルクの借金をしに来ましたね？　あなたは夫にそれを強要しましたね？　その不正な報酬（利子）であなたの衣裳はできたのです。ご婦人、何か間違いがあるなら、言ってください。」「まったくその通りです、神父さま、不正な衣裳がわが身の上にあるのは主なる神の意に叶いませんわ。」とその女性は答えた。そして、皆が見ている前で、彼女はその衣裳を脱ぎ捨てた。そして、彼女はその衣裳を受け取って、かかる邪悪な危険から彼女を解放するようメルリーノに祈った。

（1）「高利貸し」とは中世の神学や教会法では貸与された物に加えて、その貸与に対し受けたり、または要求するすべての「見返り」を意味した。従って、「高利貸し」は教会法廷が罪科を課する罪とされた。

（2）アーサー王宮廷に於ける伝説上の魔術師・予言者。マーリンに関する初期の多くの作品の物語の本文からアーサーを除外したり、あるいは矮小化して描いている。

XXVII

侮辱された偉大な君主(1)についてここで語られる

ある偉大な君主がアレクサンドリアへ、ある日、所用があって行く途中、後ろから別の男がやってきて、ひどい侮辱の言葉を吐き、ひどく見下した態度をとった。これに対してこの君主はなにも答えなかった。するとあるものがやってきていうには「ああ、なぜあなたに多大なる侮辱の言葉を投げつけた者に何も言い返さなかったのですか」と。言い返すように言った彼に対して、辛抱強い彼は答えて曰く「わたしは言い返しません。というのもわたしを喜ばせるようなことは聞こえませんので。」

（1）原文では moaddo。おそらくアラビア語 Mu'addib を音写したもので、賢者などを表す。

XXVIII

ここではフランスの王国にあったある慣習について語られる

フランス王国では名誉を失い処刑に値する人は荷車で引き回される慣習があった。[1] そして、もし彼が偶々《たまたま》死を免れても、どんな理由であれ、彼は自分を頻繁に出入りし交際したがる人を見出さないであろう。ランチャロット[2]（ランスロット）は王妃ギネヴラ[3]（グィネヴィア）との恋のため気が狂った時には、彼は荷車に乗って歩き廻って多くの所へ引き廻させた。その日からずっと、荷車は最早軽蔑されなくなった。実際、貴婦人らや高貴な騎士らは今では気晴らしに荷車で歩き廻る。おお、気紛れなこの世と、忘恩の礼節なき人びとよ、天と地をお創りになられたわれらの主は、剣の騎士であって他の人びとの王国であるフランスの王国のかかる偉大な慣習を変化させ転覆させたランチャロットより何と遥かに偉大であろうか。そして、われらが主イエス・キリストは自らの違反者らを赦しながらも、自分を赦す人を見出すことができなかった。そして、これを彼は望み、彼自身の王国で彼を十字架に架けて人びとのため行った。そして、彼らのために彼の父なる神に祈ったのである。[4]

（1）特に中世時代の英仏では、罪人は荷車に乗せられて街中を人々の嘲笑と威嚇の中を引き回された。クレティアン・ド・トロワ『ランスロ、または荷車の騎士』*Lancelot, ou Le Chevalier de la Charrette* 参照。

（２）アーサー王物語で、ランスロ（ット）卿は王妃グィネヴィアの恋人で、アーサー王物語の中心的な登場人物。
（３）グィネヴィア王妃はアーサー王の妃と同時に「湖のランスロ卿」の愛人。
（４）この騎士道ロマンスは彼女の誘拐者メレアガンの不快な欲望からグィネヴィア王妃を救う探求のため、ランスロット卿が遭遇する多くの冒険に言及している。

XXIX

賢明なる占星術師が最高天について議論した様子についてここに語られる

パリのある学舎に非常に見識の深い学者らがおり[1]、最高天について議論をしておりました。彼らはそれについて喧々諤々話し合って、他の天の上にそれがあるというようなことを言った。彼らは木星、土星や火星の場所、太陽、水星、月のある天について語った。それらすべての上に最高天が存在し、またその上に父なる神が荘厳におわすと。このように話していると、ひとりの変わり者がやって来て、彼らに向って言った「皆さん、そのお方の頭の上には何がござんすか」と。ひとりがからかってこう答えた「帽子だよ」。変わり者は立ち去り、学者らはそこに残った。ひとりが言った「あの変わり者に君は教えを与えたつもりだろうが、問題はまだ我々に残されているのだぞ。さあどうだろう。頭の上には何があるのだろうか。」彼らの知識を総動員してもわからなかった。すると彼らは言った「あの変わり者こそ、この世界の外側に精神を大胆にも持って行ったのだ。ほら、自分の起源を知ろうと努めたり熟考したりするのはよほど変わっていたり狂っているように見える者ではないか。神の深慮を知らんとする者はさして正気ではないものだ」と。

（1）十二世紀のパリの大学では、ピエール・アベラール、ソールズベリーのジョン、ポワティエのギルバート、サン・ヴィクトールのヒューなど数多くの学者が教え、また学究生活を営んだ。

XXX

ロンバルディア(1)のある騎士が財産を使い果してしまった話

あるロンバルディアの騎士で皇帝フェデリコ(2)と非常に親しく、その名をG(3)といいました。彼には子どもがひとりもおりませんでしたが、うまい具合に親戚の者がおりました。彼のあとには自分の財産を遺すものがいないので、自分ですっかり使ってしまおうと心の中で思いました。あとどのくらい生きられるかを計算して、それに一〇年ほど上乗せしました。しかし十分には上乗せせずに、財産を使って、使って、使いまくりましたので、年月はすぐに過ぎ去り、時間は彼を追い越してしまいました。すべて使い切ってしまったので文無しになってしまったのです。貧しい境遇で彼は考えて、フェデリコ帝のことを思い出しました。帝は宮廷においてとても親交が深く、今までに色々と与えてくれたのでした。彼は帝のところにいこうと思いました、帝が厚遇してくれるだろうと。彼は皇帝のところに赴き、皇帝の御前に上がりました。彼の名を知っていたけれども、皇帝は誰かと尋ねました。彼は自分の名を告げました。それから彼の状況を尋ねると、いかにそのような考えに至り、また予定していた時間が経過した経緯《いきさつ》を騎士は告げました。皇帝はおっしゃいました「わが宮廷より立ち去りたまえ。わが力の及ぶ範囲に入り来てはならん。さもなくば死刑に処す。汝が死んだ後に財産をだれも得ないことを汝が望まぬ者であるからだ」と。

（1）一三世紀当時の「ロンバルディア」は北イタリア全土を指していたようだ。
（2）フェデリコ二世と赤髭王《バルバ・ロッサ》（フリードリヒ一世）の両帝ともロンバルディアと関連があり、ここでは厳密にどちらであるか特定することは困難である。
（3）このGの正体については話の中では明らかにされていない。

XXXI　ここではアッツォリーノ殿[1]の物語の物語師について語られる

アッツォリーノ殿には冬の夜長に物語を話させる物語師がいた。ある夜のこと、その物語師はひどい眠気に襲われた。しかし、アッツォリーノ殿は彼に物語を話すように頼んだ。その物語師は百ビザンツ金貨を持っていた一人の百姓の物語を話し始めた。彼は羊を買うために市場に行って、一金貨につき二匹の羊を手に入れた。その羊と一緒に帰って来ると、先ほど渡った川がバケツをひっくり返したような大雨のため大いに増水していた。川岸に立っていると、彼は貧しい漁師と小さな舟を見つけた。その舟は余りにも小さいので、一度にその漁師と一匹の羊しか乗れなかった。それで、その漁師はその小舟を漕ぎ出して、羊を一匹ずつ渡し始めた。その川の幅は広かった。彼は漕いで羊を渡した。ここで、その物語師は話し止めてしまった。アッツォリーノ殿は言った。「もっと続けよ。」その物語師は答えた。「その漁師に羊をすべて渡らせてください。その後で残りの筋書をお話ししましょう。羊らが全部渡り切るには一年も掛かりますから、その間十分にゆっくりとお休みになれますよ。[2]」

---

(1) 本名はロマーノのエッツリーノ（一一九四－一二三九）で、彼はヴェローナ、ヴェネツア、パドヴァの領主で、彼は教皇権に反対するフェデリコ二世に味方して、ブランカヌガ近辺で負傷して捕えられたと言われる。ダンテ

は『神曲』「地獄篇」第十二歌「暴力者」の中に入れている。

（2）この話は元来ペトルス・アルフォンシ（Petrus Alfonsi）『知恵の教え』*Disciplina clericalis* の十二章「王とその物語の話し手」にある話である。このヴェッリーノの作者は「王」を「エッツリーノ」を主人公として置き換えている。尚、西村正身訳『知恵の教え』pp. 46-48：例話十二「王と物語師」参照。

XXXII

アイルのリカール・ロゲルチョ(1)の勇敢な行為について

リカール・ロゲルチョはイッラ（アイル）の君主で、プロヴァンスの立派な貴族、とかく大胆で勇猛なお方であった。サラセン人がスペイン来襲の折、彼はスパニャータと呼ばれる戦いの渦中にあった。その戦いはトロイア人とギリシア人の戦い以来、最も危険な戦いであった。数多のサラセン人は多様な武器をもっていた。リカール・ロゲルチョは第一部隊の指揮官であった。馬は武器に驚いて一歩も前に進むことができなかったために、敵に対して馬の後ろに回り込むよう部下全員に命じた。ずいぶんと後ずさりしたため、敵に囲まれてしまった。このように後退しながら敵の中に入っていくと、軍隊を前方に向け、右に左に切りつけて倒していった。そうして敵軍を殲滅した。

また別の時に、トゥルーズ伯爵(2)がプロヴァンスの伯爵(3)と戦いを交えていると、リカール・ロゲルチョが軍馬から降りてラバに乗り換えた。伯爵は言った「リカルド、何のつもりか」「わたくしは追いかけるのも逃げることもないとお見せしたいのであります」と。ここに他の騎士よりも彼に備わっていた優れた力量を彼は示したのであった。

（1）一二一一年に十字軍に加わって戦ったリールのリチャールのことかもしれない。

（2）おそらくライモンド七世（一一九七－一二四九）のこと。
（3）ライモン・ベレンガル四世（一二〇九－一二四五）のこと。

XXXIII

ここではバルゾーのイムベラル殿[1]にまつわる話が語られる

プロヴァンスの偉大な領主（城主）バルゾーのイムベラル殿は、スペイン風の慣わしに従い、占い師とその予知を調べてその生涯の大半を生きた。[2]ピュタゴラスという名の哲学者はスペイン出身であった。[3]彼は天文学[4]に基づき一覧表を作った。黄道帯の十二宮[5]に従い、そこには多くの動物の表示があった。例えば、小鳥が互いに喧嘩するとき、人が道でイタチ[6]を見つけるとき、火が歌うときである。そして、カケス、カササギ、カラスと月[7]の位相に基づいて、多くのことを意味するじつに多くの動物を描いていた。そして、こうしたある日、イムベラル殿は彼の仲間と一緒に馬に乗って、これらの小鳥を観察するために出かけた。なぜなら、彼は不吉な前兆に遭遇するのを恐れたからである。彼は一人の女が歩いているのに出会って尋ねた。「ご婦人よ、あなたは今朝大ガラス、[8]ミヤマカラス、カササギのような小鳥たちを発見したか、または見掛けたかを教えてくれますか？」すると、その女は答えた。「お殿方、妾《わたし》はカラスを柳の切り株の上に見ました。」「さあ、ご婦人、その尾はどの方向を向いていたか教えてくれませんか？」すると、その女は答えた。「お殿方、それは尻の方を向いていました。」そのとき、イムベラル殿はこの前兆を恐れて彼の仲間らへ言った。「この鳥占いによれば、神は余が今日も明日も乗馬しないことを嘉される。」その後に、この物語はあの女がよく考えずにしたじつに奇妙な返答のために、プロヴァンスではよく話題となった。

（1）フランス名はバラル・ド・ボー（Baral de Baux）で、一二一〇年頃に生まれた彼はプロヴァンスで様々な政治的・軍事的な功績を立て、アヴィニオンとアルルの執政長官《プロデスタ》になった人物。

（2）中世時代にスペインはアラビア語、ヘブライ語、ラテン語のテクストの翻訳の中心地として知られたが、その多くは占星術や天文学に関するものであった。

（3）本書の著者の古代史に関する無知による。

（4）中世では「天文学《アストロノミ》」と「占星術《アストロロジ》」は同義語であった。

（5）「黄道帯」とは太陽と月と主な惑星がその中を運行する古代中世の天体図。「十二宮」とは「白羊」、「金牛」、「双子」、「巨蟹」、「獅子」、「乙女」、「天秤」、「天蠍」、「人馬」、「磨羯」、「宝瓶」、「双魚」をいう。

（6）中世の動物寓話《ベスティアリー》では、イタチはその奇妙な生殖習慣で嫌われたが、その存在が凶兆示すものではなかった。しかしギリシア人には、イタチは悪の徴《しるし》であったとされる。

（7）中世時代には、月は多くの人間の心理的属性に影響を与えたと見做された。

（8）大鴉は罪人の罪の黒さを意味する。

XXXIV

二人の高貴な騎士が素晴らしい愛情で互いに結ばれている様子(1)

二人の高貴な騎士が素晴らしい友愛で結ばれていた。一人はG殿、もう一人はS殿といった。この二人の騎士は長いこと互いを大切にしてきた。このうち一人にある考えが浮んでこのように言った「S殿は美しい馬をお持ちだが、もしわたしがそれを欲しいと言ったならば、あの方はわたしにそれを与えてくれるだろうか」と。このように考えながら可能性をあれこれと思案して、「くれるだろうか、くれないだろうか」と言っていた。このように是と非の間で、彼は馬をくれることはないだろうという結論に達した。その騎士はそれを耳にすると当惑した。そして彼は友によそよそしい表情を見せるようになった。そして毎日その考えは増大し、その慷慨は繰り返された。彼と話すのをやめ、彼が通り過ぎようものならばそっぽを向くのであった。人々は不思議に思い、彼自身もまたひどく驚いたのだった。ある日、馬の所有者である騎士のS殿はもう耐えられなくなった。彼のもとに赴き、言った「友よ、なぜわたしに話しかけてくれないのだ。なぜ君は怒っているのか」と。もう片方の騎士が答えた「君に君の馬をくれと頼んだのに、君は馬をわたしくれないといったからだ。」するともう片方が答えた「そんなことは決してない。ありえないよ。馬もわたしも君のものだよ。わたしは自分自身のように君を大事にしているのだから」と。その後、その騎士は友と和解し、旧交を取り戻した。

そして彼は思慮が足らなかったことを悟った。

（1）この話で語られる二人の騎士が誰であったかは特定されていない。またグアテルッツィ版でAとSの頭文字の使用に混乱が見られる。J. P. Consoli（ed. & tr.）*The Novellino or One Hundred Ancient Tales*. Garland Publishing, Inc. p. 147 参照。

XXXV ボローニャのタッデーオ先生[1]についての話

タッデーオ先生が彼の医学生たちに講義をしていると、九日の間、茄子を食べつづける者は気が違ってしまうことを発見しました。[2] しかもそれを物理学によって証明しようとしていたのです。ひとりの学生がその回の講義を聴いて、それを試してみたいと思ったのでした。茄子を食べはじめて九日目に先生の前にやってきて、こういいました「先生、先生がしてくださったあの講義、正しくありませんでした。だってわたし試してみたんですが、おかしくなりませんでしたもの」と。するとおもむろに立ち上がり、尻を見せた。「さあ書き留めるのですよ」と先生は仰いました「これはすべて茄子のせいだと。証明されたぞ。新たな注をつけなくちゃならん」と。

（1）Taddeo Alderotti（Thaddaeus Florentinus として知られる。一二二三－一二九五）医学を修めたのは遅かったが、すぐに頭角を現し、ボローニャ大学教授となった。ダンテは彼を「天国篇」第一二歌に置いている（八三行）。
（2）Alderotti による『正気を保つための小書』*Libello per conservare la sanità* では茄子についての言及はない。

XXXVI

残忍な王[1]がキリスト教徒を迫害した様子について語られる

あるところに大変残忍な王様がおりました。彼は神の民を迫害していました。王の力は強大であったけれども、キリスト教徒を征服するまでにいたりませんでした。それは彼らが神に気に入られていたからでした。その王は預言者バラム[2]と話をして、言うには「教えてくれ、バラムよ、余の敵についての状況はいかに。余はやつらよりも強大であるにもかかわらず、なんらの打撃も与えられないのはどうしてか」と。するとバラムが答えました。「陛下、それは彼らが神の民であるゆえです。しかしながら、わたくしにお任せ下さい。彼らのところに行き、彼らを呪ってまいりましょう。そこで陛下が戦を仕掛ければ、彼らに対し勝利を得ることでしょう。」こういうとバラムはロバにまたがると、とある山[3]に登っていきました。その人びとは平地におりましたので、彼らを呪うためにバラムは山へと昇っていきました。すると神の使いが彼の先回りをして、その前に立ちはだかったのでした。バラムはロバが動こうとしないのだと思って、拍車をかけました。するとロバは口を開き、こういうのでした。「打たないでください。炎の剣を手に持ち、わたしを通そうとなさらない神の使いがこの目に見えているのですから」と。そして預言者バラムが目を向けると、天使が見えました。天使が言いました。「なんと、おぬしが神の民を呪おうというのか。おぬしは彼らを呪おうとしていたが、命が惜しければ、彼らに神のご加護を願うのだ。」預言者は行って、神の民に幸あれと祈りました。すると王が彼に仰いました。「何をしておるのだ。これは呪いなどではないぞ。」バラムは答えました。「仕方ありませんでした。というのも神の使いが私に命じたのですから。だからこのようにしたのです。時に、陛下は美女をたんと侍らせておいでです。ですが、彼らにはそのようなものは一人もおりません。大勢の美女を連れ、着飾らせてください。そして胸のところには金か銀でできた飾りを付けさせてください――つまり留め金の付いた輪です――、そこに陛下が崇拝する偶像を彫り込ませるのです（というのも王はマルス神(4)の偶像を崇拝していましたので）。そしてこのように彼らに仰ってください。彼女らは汝らの要求に応えることはない、マルス神の偶像を崇拝することを誓わなければ、と。それから罪を犯したその時に、わたしは彼らを呪詛することができるようになりましょう。」ということで王はそのようにしました。美女たちを選び、言われた通りにし、彼女らを敵の陣営に送りました。男たちは彼女らに欲情して、偶像を認めて崇拝し、彼女らと罪を犯しました。それから占い師バラムは神の民を呪い、神は彼らを救済なさいませんでした。そしてその王は戦を仕掛け、圧勝しました。そのために善人は罪を犯した者たちの罰を被ることとなりました。彼らは悔い改め、贖罪し、女たちを追い払い、神と和解しました。そうして人々は自由を取り戻したということです。

（1）モアブ人の王バラクのこと（「民数記」22：2を参照）。
（2）バラム 「民数記」に登場するユーフラテス川流域のペトルにいた占い師。
（3）「民数記」23：29を参照。
（4）ローマ神話における戦いの神。

XXXVII

ここではギリシア[1]の二人の王の間にあったある戦争について語られる

ギリシアのあるところに二人の王さまがいて、一人の王はもう一人の王よりも逞しかった。彼らは互いに戦ったが、より逞しい方が敗北した。彼はその場を去って夢でも見ているかのように、不思議そうな気分で部屋に入った。要するに、彼は戦ったことを信じられなかったのである。そうする間に、神の天使が彼のところへ来て言った。「調子はどう？　何を考えているのですか？　貴男は夢を見ていたどころではなく、実際に戦って敗北したのです。」すると、その王は天使を見て言った。「どうしてこうなるのだろうか？　儂《わし》には彼の三倍の軍隊がいるのだが。」すると、天使は答えた。「こうなったのは、貴男が神の敵だからです。」そのとき、王は答えた。「おお、それではわが敵は主なる神の友であり、そのため彼は勝利したのですか？」天使は言った。「そうではなく、主なる神は神の敵どもをもって神の敵どもに復讐されたのです。再び貴男の軍隊を連れて戻りなさい。そうすれば、彼が貴男に勝利したように、今度は貴男が彼に勝利するでしょう。」こうして、天使が言ったように、彼は行って彼の敵と再び戦って勝利し、彼を捕虜として捉えた。

（1）この話は「教訓話《エクセンプルム》」であり、ここでのギリシアを東方全般と同一視すると物語の本質が意味不明となろう。

XXXVIII

ある女から咎められたメリスス[1]という名の占星術学者について

メリススという名のひとりの男がおりました。彼は多くの学問に、特に占星術については大変に通じておりまして、そのことは『神の国について』第六巻[2]で読むことができます。ある晩この学者がある貧しい女の家に泊まりました。その晩、彼は寝る段になって、その女にいいました。「よろしいかな、ご婦人、今晩、扉は開けたままにしておくれ。わたしは夜起きだして星を観察することにしているのでな。」その女は扉を開けたままにしておきました。その晩は雨が降り、家の前の溝は水であふれかえっておりました。学者が起きて外へ出ると、溝に落ちてしまいました。助けてくれと大声で叫びますと、その女が尋ねました。「どうなさったんです。」学者は答えました。「溝に落ちてしまったんだ。」「なんてこと！」と女、「あなた様は空の方は注意してみていらっしゃるようですけど、足もとの方は不注意なんでございますねぇ」と。この女は起きだして彼を助け出してやりました。というのもこの水の入った溝のなかでとんでもない不注意のために彼は死にそうになっておりましたので。

（1）メリスス　ギリシアの哲学者、ミレトス学派のタレース（前六二四頃－前五四六頃）のこと。
（2）『神の国について』*De civitate dei*　五世紀初頭、アウグスティヌスによって著された。実際にはメリススが論じられているのは第八巻第二章においてである。

XXXIX

ある修道士にからかわれた司教アルドブランディーノ[1]についてここで語る

司教アルドブランディーノがオルヴィエートの司教館で暮らしていた時分のことです。ある日、司教館でフランチェスコ修道会士《フラーティ・ディ・ミノーリ》たちが食事をしている食卓につくと、それはうまそうに玉葱を食べている一人の修道士がおりました。司教は彼のことを見ると、ひとりの給仕の者に言いました。「あの修道士のところに行って、ぜひとも胃袋を交換したいものだと言ってきなさい。」給仕人は行って彼に伝えました。するとその修道士は答えました。「司教様にお伝えください。胃袋を交換するのも宜しゅうございますが、司教館はいかがでしょうね、と。」

（1）Aldobrandino Cavalcanti（?–一二七九）一二七一年から一二七九年までオルヴィエートの司教であった。グレゴリオ十世が一二七四年の第二リヨン公会議のためにローマを離れたときの教皇代理でもあった。

XL　サラディーノという名の道化師について

道化師のサラディーノは、シチリアにいたときに、ある日数多の騎士とともに食事をとろうと食卓についており、みな手を濯いでいました。騎士のひとりが言いました。「口を洗うんだ。手じゃなくて。」するとサラディーノが答えました。「旦那様、今日はまだあなた様について喋っちゃおりませんがね」と。

その後、彼らがぶらりと散歩をして、食後の一休みをしていると、サラディーノは別の騎士からこのような質問を受けました「なあ、サラディーノ、俺の話を喋りたいと思うんだが、われわれのうちで最も賢い者として誰に語るべきだろうか」と。するとサラディーノが答えました「殿、それはあなた様にとってもっとも愚かに思える者にお話しなさい」と。騎士たちはその答えを不思議に思い、その答えについて詳しく述べるよう求めました。サラディーノは答えました「全ての愚か者は愚か者にとっては似通っているために賢いように思えます。ですから、ある愚か者にとってもっとも愚かと思える者ならば誰でも最も賢く思えるのです。というのも智恵なるものは愚の反対でありますから。どんな愚か者にとっても賢者は愚者にみえるのです。というわけで賢者にとって愚か者はほんとうに愚かでまったく間抜けに思えるものです」と。

XLI

ポーロ・トラヴェルサーロ殿(1)の話

ポーロ・トラヴェルサーロ殿はロマーニャ出身でロマーニャ全土において最も高貴なる人でありました。そしてほぼあらゆる物事を争いを起さずに治めておりました。三人の非常に傲慢な騎士がおりましたが、彼らにはロマーニャ全土においても彼らと共に四番目に連座できるものはいないように思われました。そのようなわけですから、彼らが出会うところでは三人掛けの長椅子を用意し、そこにはそれ以上の人は座ることはできませんでしたし、誰もそこにはあえて座ろうとしませんでした。彼らの傲慢さを恐れていたからです。ポーロ殿はかれらよりも身分が高く、他のことにおいても彼に彼らは従っておりましたが、それでもその望ましい座にあえて着こうとはしませんでした。彼らが彼こそはロマーニャで最高の主であり、他の誰よりも四番目に近いと認めていたのにも拘らず。

ポーロ殿が彼らのことを執拗につけまわしているのを見てとると、三人の騎士は何をしたのでしょう。彼が入ってこられないように、彼らは邸宅の入り口を半分ほど壁で塞ぎました。彼は大男でしたので。そこに入れないとわかると、甲冑を脱ぎ下着になって入って行きました。彼らは彼が侵入してくるのが聞こえるとベッドに入り病人のように布団をかぶりました。ポーロ殿は彼らと食卓のところで会うだろうと思っていましたが、ベッドの中に彼らを発見したのでした。彼は三人を慰め、彼らの調子がすぐれないのかと尋ね、そして状況を把握したのち、暇乞いをし、彼らのもとを立ち去りました。騎士たちが言いました「冗談じゃない！」と。彼らはその内のひとりの邸宅にむかいました。そこには濠と跳ね橋のある小さな城がありました。そこで彼らは冬を越すことに決めました。ある日、ポーロ殿は多くの仲間を伴いそこにやってきました。ポーロ殿たちが中に入ろうとすると、騎士たちは跳ね橋を上げてしまいました。何を言っても、入ることは出来ませんでしたので、退散しました。冬が過ぎ、騎士たちは町に戻ってきました。彼らが戻ってきた時に、ポーロ殿は立ち上がらずにいると、彼らは立ち止まり、ひとりがこう言った「ああ殿、何てことだ、それがあなた様の礼儀ですか。異邦人が町を訪問したら、あなた様は彼らに対して立ち上がらずにいるのですか」と。するとポーロ殿が答えました「殿方、立ち上がらずに失礼をいたしました。わたしに対して橋が上げられてしまった一件さえなければ良かったのですがね」と。すると騎士たちはポーロ殿のことを大笑いしたのでした。三番目の騎士が死ぬと、残りの二人は彼らの座っていた長椅子の三番目の部分を切りおとしました。というのもロマーニャ全土で彼らはその騎士に代わって座るほど立派な騎士を見つけることができなかったからです。

（1）ラヴェンナの人（?－一二四〇）。ダンテ『神曲』「煉獄編」第十四歌九八行、一〇七行、ボッカッチョ『デカメロン』第十日八を参照。

XLII

ここではプロヴァンスのベルグダムのグイリエルモ(1)（ギョーム）の実に素晴らしい話が語られる

グエリエルモ・デ・ベルグダムはライモンド・ベルリンギエリ伯(2)時代のプロヴァンスの高貴な騎士であった。ある日のこと、騎士たちは自慢話をしていると、グイリエルモは落馬させたことも、また彼の妻と寝たこともない騎士はプロヴァンス中に一人もいないと誇らしげに言った。しかも、彼は伯爵が聞こえる前でこれを言った。すると、伯爵は答えた。「では、余もまた？」グイリエルモは言った。「伯爵殿、今から申し上げましょう。」彼は自分の駿馬を連れて来させ、鞍を置き、革紐でよく縛った。そして、両足に拍車を付け、彼は足を鐙《あぶみ》に置いた。そして、このように準備してから、彼は伯爵に話して言った。「伯爵殿、わたしは言った事に関して一言も加えも引きもしません（つまり、言った通りです）。彼は馬に乗って拍車をかけ遠ざかった。伯爵は大いに激怒したので、グイリエルモは伯の宮廷に来ることができなかった。

ある日のこと、ご婦人方がある気高い宴会に集まった。彼女らはグイリエルモを呼びにやった。そこには伯爵夫人もいて、彼女らは言った。「さあ、グイリエルモ、言って頂戴、なぜあなたはプロヴァンスの貴婦人方をこのように侮辱なさるの？　その仕返しに痛い目に遭うわよ！　ご婦人方は各自衣裳の下に隠して棒を持っていた。話していた婦人が言った。「お分かり、グイリエルモ、愚かさゆえに、あなたは死なねばなりません。」そして、グイリエルモは、不意打ちを喰ったのを見て取って、このように言った。「ご婦人方、愛の名にかけて、皆さまがこの儂《わし》にお恵み下さるよう一つのことだけお願いいたします。」ご婦人方は答えた。「あなたは救済を請願しない限り、何なりと頼みなさい。」すると、グイリエルモは話して言った。「愛の名にかけて、皆さまにどうかお願いします。貴女方の中で最も身持ちの悪い婦人《ひと》が最初にわたしを鞭打って下さい。」すると、ご婦人方はお互いに見つめ合っていた。しかし、最初に彼に一撃を加えたい人はいなかった。こうして、今回だけ彼はうまく逃れたのである。

(1)「古伝《ヴィダ》」によれば、彼はカタロニアの男爵で、歌を詠む吟遊詩人でもあったようだ。
(2) バルセロナ伯三世(一一三一―一一六二)

XLIII ランゴーネ殿[1]の道化師に対する処遇についてここで語る

ヤコピーノ・ランゴーネ殿は、ロンバルディアの高貴な騎士であった。ある日、テーブルにつくと、白と赤のそれは上等なワインの入ったデカンタが二つ置いてあった。ひとりの道化師がそのテーブルのところにいたが、そのワインを本当はとても欲しかったのだけれど、厚かましくも所望することはなかった。彼は立ち上がり、杯を手にとってそれをよく洗った、必要以上といえるほどに。彼はこの様によく洗った後で、手に持って回して言うには、「殿、こちらを洗いました」と。するとヤコピーノ殿はデカンタを手に取り、仰った「おまえ、その杯をなでるのは、何処か他所《よそ》でやりたまえ」と。道化師はそこにそのまま留まり、ワインを頂戴することはなかった。

（1）Iacopino Rangone　おそらくはモデナのゲラルド・ランゴーネの息子（あるいは兄弟か）。シエナとフィレンツェの司法長官《ポデスタ》。

XLIV

ある廷臣（吟遊詩人）へ提示された質問について

マルコ・ロンバルド(1)は高貴な吟遊詩人で、大変に賢い男だった。ある祭りの日に、彼は多くの衣服が与えられた都市《まち》にいたが、彼は一着も貰えなかった。もう一人の吟遊詩人がいたが、彼はマルコに比べて無知であったが、彼は衣服を手に入れた。このことから一つの興味深い議論が生まれた。つまり、この吟遊詩人はマルコに言った。「マルコよ、儂《わし》は七着の衣服を貰って、君は一着も貰えなかったが、これはどういうことかね？　というのは、もし君が儂より善良でより賢い人としたなら、その理由はどうなるかね？」すると、マルコは答えた。「それは明らかに、俺が俺自身のような賢い人びとを発見するより、君は君自身のような愚かな人びとをより多く発見したからだよ。」

（1）十三世紀中頃の吟遊詩人。高貴で徳性に恵まれながら、不運で貧乏の中に主に北イタリアの宮廷を放浪して廻ったと言われる。

XLV とある泉のところでランチャロット（ランスロット）卿が戦いを交えた次第

ランチャロット卿がとある泉のところでの一人のザクセンの騎士と戦いを交えました。その騎士の名はアリバーノといいました。彼らは馬から降りて剣で烈しく戦っておりました。休憩のときに互いに名前を尋ねました。ランチャロット卿は答えました。「わが名をお知りになりたいとのことですが、わたくしはランチャロットと申すものでございます。」それからまた格闘をはじめると、その騎士がランチャロットに向かって語りかけていうには、「あなたの武勲よりも、あなたのお名前のほうがわたしを傷つけます」と。というのも相手がランチャロットであると知り、自信を失ったからでした。

XLVI

ナルキッソス[1]が自分の影に恋をした様子についてここで語る

ナルキッソスは実に立派でなんとも容姿《すがた》の良い騎士であった。ある日、それは美しい泉のほとりで休息をとっていると、水の中に自らの非常に美しい影を見た。そして影をじっと見つめて、泉に覆いかぶさるようにして喜んでいたが、その影はそっくりな真似をしていた。その様なわけで、水の中にあったその影が生命をもっていると彼は信じ込んでしまい、それが自分の影だと分からなかった。それをだんだんと好きになって、たまらなく恋をしてしまったので、それを摑もうとした。すると水は濁って波立ち、影は消えてしまったために、彼は泣き始めた。そして水が再び澄むと、泣いている影が目に止まった。それで彼は泉の中に沈んでいって溺れ死んでしまった。季節は春。ご婦人たちが気晴らしに泉のところまでやってくると、彼女らは美男子ナルキッソスが溺れ死んでいるのを発見した。大いに悲嘆し、彼を泉から引っぱり出し、岸辺にまっすぐ立てかけた。そして〈愛の神〉にその知らせが届いた。そこで〈愛の神〉は彼を、青々として凛と立っているすばらしいアーモンドの木に変えた。そして昔も今もいち早く実をつけ愛をかき立てる最初の木である[2]。

(1) Narcissus はギリシア神話に現れる美貌の青年。Cephisus の息子とされる。

（2）アーモンドはいち早く花をつける木ではあるが、実を最初につけるわけではない。オウィディウス『変身譚』*Metamorphosis*（第三巻）でナルキッソスは樹木ではなく自分の名を冠する花に変えられている。

XLVII

ある騎士が貴婦人に求愛した顚末について語られる

ある日のこと、騎士が貴婦人に求愛し、その他多くの言葉の中で、「自分は家柄が良く、裕福で、稀に見るほど美男であるが、あなたのご亭主はご承知のように、ひどく醜い男である」と言った。すると、かかるその亭主は部屋の壁の背後にいた。彼は話して言った。「騎士殿、どうぞ、貴殿の事実を誇らしく話してください。しかし、他人の事実を貶《けな》さないでください。醜い男はリチオ・ディ・ヴァル・ブオーナ殿(1)であった。そして、もう一方はリニエリ・ダ・カルヴォリ殿(2)であった。

(1) 十三世紀の教皇党《グエルフィ》の人物で、現在のイタリアロマーニャ州の基礎自治体バーニョを構成する領土を治めた封建領主の家系であった。

(2) 同じく十三世紀の教皇派の人物であったが、後に皇帝派《ギベリン》の敵に殺害された。

XLVIII

コンラディン[1]の父、コンラッド王[2]についてここで語る

コンラディンの父、コンラッド王が幼少のころ、彼と同い齢の十二人の少年らを友だちにもっていたことを書物は伝えている。コンラッド王が過ちを犯したときは、彼の世話を任された教師達は彼のことを打つのではなく、彼の仲間の少年らを叩くのであった。彼はこう言った「なぜ彼らを打つのですか」と。教師達は答えた「あなたの過ちのためです。」彼は言った「どうしてわたしを打たないのですか。わたしのせいなのに。」教師達は答えた「なぜならば、あなたは我らの主君だからです。我らが彼らを叩くのはあなたのためです。そのために、あなたに優しき心があるのならば、あなたのせいで他の者が苦しみを受けているということであなたは非常に苦しんでらっしゃるはずです」と。そのようなことで、コンラッド王は彼らへの憐れみのため過ちをおかさぬように気をつけたということである。

（1）コンラディン Conradin あるいはコンラッド五世（一二五二－一二六八）。コンラッド四世の息子。
（2）コンラッド四世（一二二八－一二五四）のことで、フェデリコ二世の息子。

XLIX

トゥルーズの医者がトゥルーズの大司教の姪を娶った顚末について語られる

トゥルーズのある医者が大司教の姪である貴婦人を妻に娶った。彼女を家に連れて行って二か月すると、彼女は女の子を産んだ。その医者はそれについて何も怒りも見せずに、むしろ彼の奥方を慰めて、その子は自分自身の娘であるという科学的法則に従って、多くの理由を挙げた。これらの言葉と優しい態度をもって、彼はその女がその娘を中絶しないように説得した。(1) 彼は分娩中にその女を大いに称えた。出産後に、彼は彼女に言った。「御婦人よ、わたしはできるかぎり貴女に敬意を払ってきました。どうか何卒、わたしの愛にかけて、貴女は今こそ貴女の父上のお家《うち》にお帰りください。そして、貴女の娘を、わたしは大いに気遣ってお世話します。」物事がこのようにして先に進むと、遂に大司教は医者が姪に暇乞いを出したことを聞いた。彼は医者を迎えに遣った。そして、彼は偉大な人であったので、医者に向かって傲慢さと威嚇を混ぜ合わせて、大変に崇高な話をした。彼が長々と十二分に話し終わったときに、その医者は答えてこう言った。「大司教猊下、わたしはわが資産でわが家族に支給して食べさせる(2)ことができると信じて、猊下の姪を嫁に娶りました。それで、わたしの考えでは一年に一人の子供を持つことであり、それ以上ではありません。どういうわけか、あのご婦人は二か月で子供を産み始めました。もしこのような事が続けば、わたしはさして裕福でありませんので、家族らに十分に養えませんし、もし猊下の家系が貧困へ貶められたら、猊下には不名誉のことでしょう。それゆえに、わたしは、彼女をわたしより裕福なお方へ嫁がせるように猊下に寛大にもお願いします。それは猊下に不名誉とならぬように、子供らを養うことができるためです。

(1)「中絶」を意味するイタリア語 'traviare' は「脇道に逸れる」、「堕落させる」を意味する。

(2)「食べさせる」を意味する原語 'pasciere' は「(家畜などに) 草を食べさせる」の意味であって、ここでは彼の妻の洗練されない振る舞いを暗示する。

L　ボローニャのアッコルソ先生[1]の息子、フランチェスコ先生[2]の話

ボローニャのアッコルソ先生の息子フランチェスコ先生は、長いこといらっしゃった英国からお戻りの際、ボローニャ市に訴えて、このように仰いました。「一家の主人《あるじ》が貧しいがために祖国を去り、子どもを置いて遠くの国に行きました。しばらくして同郷のひとに出会いました。子どものことが心配で彼らに質問し、彼らはこう答えました。「あなたの息子さんたちは大層稼いでいまや金持ちですよ」と。主人は戻る決意をし、帰国を果たしたのでした。彼は息子たちが裕福であることを知りました。彼は息子らに自分を父として、また主人として元の所有に戻すよう頼みました。息子たちは拒んで、このように言いました「父上、これはわたしらが稼いだのです。父上には関係ございませんので」と。このようなわけで訴訟となったのです。

法律の定めによって、結局その父は息子たちが稼いだものの主人となりました。このように、わたしはボローニャ市に訴えるのです。わたしの息子たちの所有物をわたしが支配できるようにと。つまりわが学者先生を所有するということです。彼らは立派な先生となり、とても稼ぎましたので。わたしは戻ってまいりましたので、ボローニャ市がよいと思われれば、わたしめを主人、父にしていただきたい。一家の主人について記載している法律が定めているように。」

（1）Accorso（一二六五年没）市民法学者、注釈者。
（2）Francesco（一二九四年没）ボローニャで法律を教えていた。

LI　あるガスコーニュの婦人がキプロスの王(1)にすがりついた様子についてここで語る

ひとりのガスコーニュの婦人がキプロスにおりました。彼女に対して大変な侮辱とひどい恥辱がある日行われ、彼女はそれに耐えられなくなりました。キプロスの王を訪ねこう言った「陛下、陛下に対して数えられないほどの不名誉が行われてきましたが、わたしにも一つそれが起きました。そのようにして多くを耐えていらした陛下にお願い申し上げます。どうかわたしの一つの不名誉を耐えるにはどうしたらよろしいでしょうか」と。王は恥ずかしくなって数々の侮辱を晴らしはじめ、それ以上我慢することはありませんでした。

（1）ボッカッチョ『デカメロン』（第一日第九話）にこの話についての言及がある。キプロス王グイド・ルシニャーノ（1192-1194）を扱っている。

LII　ジョヴァンニ王の時代に買われた鐘について

アトリのジョヴァンニ王[1]の時代に、大きな被害を蒙った人は誰でも行って突き鳴らすことができる一つの鐘が購入された。王はある判決を下すためいつものように賢人らを審議会へ召集した。その鐘はじつに長い間持ち堪《こた》えて、その太い綱は雨で擦り切れていたので、一本のクレマチス草がそこに偶々《たまたま》結ばれていた。さて、ブリアンヌのある騎士は類い稀な軍馬を持っていて、その馬は大変年老いていたので、力量もすっかり衰えていた。それゆえに、騎士は餌を与えなくて済むように、その馬をそこら一帯自由に放し飼いしていた。すると、その馬は空腹からそのクレマチス草に口をつけ噛み始めた。綱を引っ張ると、その鐘は鳴り響いた。審判者らは集合して、審判を要求したように思えた馬の嘆願書を見た。すると、彼らは馬が若い時から仕えてきた騎士が老後にはその馬の飢えを満たすべしとの裁定を下した。王はその騎士に大罪の名の下に、その判定を強制的に行わせた。

（1）この話をボッカッチョが主著『デカメロン』の「第一日第九話」に敷衍して取り入れている。

LIII　ここでは皇帝が彼の男爵のひとりに与えた特別な許可について語る(1)

　皇帝が彼の男爵のひとりに特別な許可を与えた。それはその男爵の土地を通り過ぎるものは誰でも、明白な（身体的）障害について一ダナイオの通行料を徴収してもよいというものだった。その男爵は門に徴収人を置いて通行料を取った。ある日、こんなことが起こった。片足をなくした男が門のところにやってきた。徴収人は一ダナイオを彼に要求した。その男が拒んだので取っ組み合いの喧嘩を始めた。徴収人は男を取り押さえた。彼は抵抗しようと、掌が切断された腕を前に突き出した。彼には片手がなかったのだ。すると徴収人がそれを見てこう言った「二枚よこせ。一枚は手の分、もう一枚は足の分だ」と。すると彼らは摑み合いになった。男の帽子が頭からはらりと落ちた。その男には片目しかなかった。徴収人は言った「三枚よこさんか！」と。こんどは髪の毛の引っ張り合い。徴収人は相手の頭に手を置いた。その男は輪癬病みだった。徴収人は言った「やい四枚よこさないか」。争わなければ一枚で通れたものを、彼は結局四枚も払うことになってしまった。

（1）この話はペトルス・アルフォンシ Petrus Alfonsi『知恵の教え』*Desciplina Clericalis* 第六話から採られたものである。

LIV ここでは教区牧師ポルチェッリーノ(1)が告訴された経緯について語られる

ポルチェッリーノという名前のある教区司祭はマンジャドーレ司教の時代に司教の前で、女癖の悪さゆえに、彼の教区の指導を怠ったと告訴された。司教は彼について調査してみると、司祭はじつに罪深いことが分かった。その翌日司教管区で彼の役目を免除されるのを待っていると、大変心配していた召使らはうまく生き延びる方法を彼に教えた。その夜、彼らは司祭を司教のベッドの下に隠した。その夜の間、司教は愛人に来るよう仕向けていた。そして、二人は彼のベッドに入ったとき、彼は彼女の身体に無性に触れたくなったが、愛人はそれを許さずに言った。「司教さまは妾《わたし》に多くの約束をされたが、一度もそれを守ったことがありません。」司教が答えた。「わが生命《いのち》よ、余はお前にきっと約束して誓うよ。」「いいえ、妾《わたし》はお金を手に欲しいのです。」と、彼女は言った。司教は起き上がって愛人に与えるため、お金を取りに行った。すると、司祭はベッドの下から出て来て言った。「司教殿、彼女はこうしてこの私を騙したのです。」さて、誰もどうすることができようか？　司教はいたく恥をかいて、彼（司祭）を赦した。しかし、彼は他の聖職者らの前では大いに威張り散らした。

（1）イタリア語でこの司祭の名は「子豚」を意味する。よって「司祭子豚」の話となる。

LV　マルコという名の吟遊詩人の話について語る

マルコ・ロンバルド[1]は、それは賢い吟遊詩人でその職業でならぶものはおりませんでした。彼はある日、ひとりの貧乏人に請われました。その貧乏人はなんのなんの立派な出自の人物で、裕福な人びとからひそかに金をもらっていたが、他の物品はもらっておりませんでした。彼には言葉が辛辣なところがあって、その名をパオリーノと言いました。パオリーノはマルコが答えられないだろうと思って、入念に練られた質問をマルコにぶつけました。「マルコさん」彼は言いました「あなたはイタリア中で一番の物知りだ。またあなたは貧しいが、物乞いを見下していなさる。どうして金持ちになれるように、あるいは物乞いをする必要がないように前もって考えておかないのかね」と。するとマルコは周りをみてから、この様に言いました。「今はだれも私たちのことを見ていないし、聞いていない。あなたはどうやってやったんだい？」その意地悪は答えました。「自分が貧乏人になるようにしたのですよ。」マルコは言いました「わたしの秘密を守って下さいね、わたしもあなたの秘密を守りますから」と。

（1）第四十四話（XLIV）の注（1）を参照。

LVI

ある田舎人がボローニャへ学問をしに行った次第(1)

田舎(2)出のとある男がボローニャへ学問を究めんと赴いた。しかしお金が底をついてしまい、彼は涙にくれた。別の田舎びとが彼を見て彼が涙しているわけを諒解し、彼に向かってこう言った「君が勉強する金を出してやろう。最初の裁判で勝った時に千リラをわたしにくれると約束してくれ。」その学者は勉強を積んで故郷にもどった。もう一人のほうは金をもとめて彼の後を追いかけた。学者はその金を返さなくてはいけないのが怖くて弁護士業を行わずにいた。このように二人とも失ってしまった、ひとりは学問を、もうひとりは金を。金を失った方はどのように金を取り戻そうと考えたのだろうか。彼は学者を訴え、彼に対して二千リラの申し立てを行い、こう言った「いずれにせよ、君は勝つか負けるかだ。もし君が勝訴すれば約束のものを払いたまえ。もし敗訴となれば申し立ての分を払うことになるのだ」と。するとその学者は彼に金を渡し、彼と争うことを避けたのだった。

（1）この話はアウルス・ゲッリウス Aulus Gellius の『アッティカの夜』*Noctes Atticae* 第五巻に由来する。
（2）原語は 'Marca'。中世のイタリア語では「田舎」などを指すが、編者によっては特定の地域（例えば、中央イタリアの山岳地帯のマルケ）と考えるものもある。

LVII

ボローニャの貴婦人アニェジーナ

ボローニャの貴婦人アニェジーナは、ある日、他の殿方の婦人とともに客間《サロン》にいました。その中に新婦がおり、その方に初夜をどう過ごしたのかを言わせようとしていました。この上なく厚かましい貴婦人アニェジーナがはじめに、他のご婦人方よりも先に質問をしました。ある方は「わたくしはソレを両手にとりましたわ」と言い、また別のご婦人は臆面もなく口にしていました。アニェジーナは新婦に向かって尋ねました。「それであなたはどうなさったの？」新婦はとても恥ずかしそうに俯《うつむ》いて答えました。「わたくしは二本の指でおつかえ申し上げました。」貴婦人アニェジーナは答えて言いました。「あらま、それじゃアレを倒れたままにしておけばよかったじゃない」と。

LVIII

宮廷騎士ベリウォロ殿[1]について

ベリウォロの名前を持った宮廷騎士がジェノヴァにいた。彼は従者と言い争った。この従者は騎士に無礼なことを言いながら眼の前で、彼に指を弾いて女性の性器の合図をした。ブランカ・ドリア殿が[2]これを見て、それを不道徳と知った。彼は騎士のところへ行って、貴殿に性器の合図をした男へ同じく仕返しをしなさいと励ました。「神にかけて」彼は答えた。「わたしはそれをいたしません。なぜなら、彼の百に対して儂《わし》の一すらも与えたくないからです。」

(1) 本書と同時代に書かれた同じ内容の書『格言の書』*Libro di motti* の著者ヴァンニ・ジュディチ（Vanni Giudice）の友人で、彼の上述の書に賢い問答をすることで有名な登場人物として頻繁に現れる。

(2) 十三世紀中頃にジェノヴァの名家に生まれた人物で、ジェノヴァやサルデーニャ島の地主であった。

LIX　皇帝が絞首刑に処したある騎士についてここで語られる(1)

とある日、フェデリコ帝はひとりの立派な貴族をある悪行のかどで縛首に処した。その正当性が明らかとなるよう、帝はあるそれは立派な騎士に、そこから奪い去られることのなきよう厳命を与え監視させた。ところがこの者は注意して見張っていなかったため、絞首刑に処された者は運び去られてしまった。この貴族がそのことに気付くと、彼は自分の首が飛ぶのではないかと自分自身のことに考えをめぐらせた。その夜、思い悩んでいたが、最近亡くなったばかりの人の遺体がないかどうか確めようと、近くにある大修道院に足を運んだ。あわよくば代わりにその遺体を絞首台からぶら下げておくことができるのではないかと思ったのである。その夜、大修道院に到着すると、涙にくれ、髪をかき乱し、取り乱し、ひどく嘆き悲しんでいるひとりの婦人に出会った。彼女は大変に肩を落として、同日に亡くなった彼女のいとおしい旦那のために泣いていた。騎士は彼女にやさしく尋ねた「そなた、どうしてこのように悲しんでおいでか」と。するとその婦人は答えた「わたしは夫のことを本当に大切に想っていたので、もう慰みなどほしくはございませんし、いっそここで私の人生を悲しみにくれながら終わらせてしまいたいのです」と。それから騎士は彼女に言った「ご婦人よ、それはどういう意味か。この苦しみのために死んでしまいたいと申すか。嘆いても泣いても亡骸に再び命を吹き込むことなどできませんぞ。して、そなたのなさっているこの愚かしきことは何たるか。それならばこのようになさい。わたしをそなたの旦那として迎え入れてくれまいか、わたしには妻はいないゆえ。そしてわたしの命を救ってくれ、というのもわたしの身は危険にさらされているのだから。どこに身を潜めればよいのかも分からぬ。わが主《あるじ》の命で首を吊られたある騎士を見張っていたのだ。ところが、彼の身内のものがわたしのところから彼を奪い去っていた。できることならばわたしの命を永らえる方法を教えてくれぬか。そうすればわたしはそなたの夫となり、そなたの名誉に相応しく受け容れよう」と。するとこの婦人、その話を聞くや、この騎士に恋をしてしまい、こういった「あなた様のおっしゃるようにいたします。あなた様に抱くこの恋心はかくも大きいのですから。このわたしの夫を連れて行きましょう。墓から引っ張り出して、あなた様から奪い取られた人がいた場所に吊り下げてくださいと。彼女は嘆くのをやめ、夫を墓から引っ張り出すのを手伝い、すでに死んでいる夫を首のところで吊り下げる手助けをした。騎士は言った「ご婦人よ、あやつには歯が一本欠けていた。彼らがまたやって来て目にして露見《バレ》たりしたら、面目が立ちません」と。すると彼女は、これを聞いて、死人の口から歯を一本へし折った。もしこれ以上のことを頼まれたりしても、彼女は実行したことだろう。そして騎士は、夫人が自分の元夫に対して行ったことを見て、こう言った。「ご婦人よ、あんなにも愛していると言っていたひとに対してあまりお気を遣われないようですから、わたしに対しては尚のことでしょう」と。そういうと彼は彼女の元を立ち去り、自分のなすべきことに戻り、そして彼女はというと、非常な不名誉に取り残されるはめになった。

（1）この話の起源はペトロニウス Petronius 著『サテュリコン』*Satyricon* にあるエフェソスの未亡人の挿話であるが、本書の直接の素材は『ローマ七賢人の書』*Il libro dei sette savi di Roma* から採られたと考えられる。

LX　ここではカルロ大王[1]が恋狂いした顛末について

シチリアとエルサレムの高貴な王カルロ[2]がアンジュ伯[3]であったときに、テティの美しい伯爵夫人[4]に狂おしいほど恋をした。しかし、彼女自身はウニヴェルサ伯爵[5]を愛していた。その当時、フランス王[6]は死罪の下で誰もが馬上試合に参加することを禁じた。アンジュ伯は自分とヌヴェール伯のいずれが武芸に優れているかを証明したいと思って計画を立て、アラルド・ディ・ヴァッレリ殿[7]にじつに熱心に嘆願して、自分は誰に恋心を抱いて、ヌヴェール伯と競技場で決闘する決意であると彼に打ち明けた。アンジュ伯はアラルド殿にその愛にかけて懇願した。つまり、陛下の赦しをもって一度だけ馬上試合を行うという陛下のお言葉を手に入れてくれるよう願ったのである。[8]アラルド殿は申し立てるいかなる理由があるのかを尋ねると、アンジュ伯は次のように答えた。「王は敬虔な信心家[9]さながらに、貴方の偉大な人間的な美徳ゆえに、貴方とお付き合いの歓びを持ちたく、王は貴方に僧衣を着させたく思っています。[10]そこで、この王の要求については、もう一度だけ馬上試合を戦うことを貴方のため許されるようお願いしてください。そうしたら、貴方は王が喜ばれることは何なりとするでしょう。」すると、アラルド殿は答えた。「さて、伯爵殿、それでは余は唯一回の馬上試合のために、騎士らとの仲間付き合いを失わねばならないのか、さあどうかそれを教えてください。」すると、アンジュ伯は答えた。「きっと約束します、貴方をその誓いから解放致します。」そして、彼はこれらのことをこれから話すような方法で行った。アラルド殿はフランス王のところへ行ってこう言った。「陛下、わたしが陛下の戴冠式で騎士の叙任をお受けしたとき、当時はこの世の選りすぐりのすべての騎士は武器を携えていました。それで、陛下への愛ゆえに、わたしは何よりもこの世を捨て僧衣を纏いたく存じます。もし宜しければ、わたしは陛下に一つ寛容なご厚情をお与え願いたいのです。つまり、馬上試合が一回催《もよお》されて、わたしがその昔に武器を身に付けたような盛大なお祭りの中でわが武器を放棄できるため、そこでいとも高貴なる騎士らが武器を取るのです。」すると、王はそれを認可して馬上試合の挙行を計画した。一方にはウニヴェルサ伯爵がおり、他方にはアンジュ伯がいた。女王は伯(11)爵夫人らや貴族出身の奥方や子女らと共に柱廊にいて、テティ伯爵夫人もそこに居合わせた。その日は、世界中あらゆるところの騎士らの華は武装していた。皆が盛大に馬上試合をした後に、アンジュ伯とウニヴェルサ伯は円形競技場を解放させて、二人は手に大きな槍を持って、逞しい軍馬に騎《の》り互いに激突するため疾走した。今や円形競技場の真ん中で、ウニヴェルサ伯の駿馬が伯諸共《もろとも》に折り重なり倒れることが起こった。そこで、奥方らは柱廊から下りて来て、彼をじつに優しく腕に抱いて運び去った。そして、テヴィ伯爵夫人もそこにいたのである。アンジュ伯は大声で嘆いて言った。「ああ哀しいかな！　テヴィ伯爵夫人がウニヴェルサ伯爵と同じようにわが身近にいてくれるように、なぜわが馬は転倒しなかったのだろうか？」馬上試合が中断されて、アンジュ伯は女王のところに行き、忝《かたじけな》くもフランスの気高い騎士の愛にかけて、彼女が王に怒りを示すべきだと希った。その後、彼女は王と仲直りをして、彼に一つの贈り物をねだった。その贈り物とはこのようなものだった。即ち、もし万が一王の意に適うならば、フランスの若い騎士らがアラルド・ディ・ヴァッルリ殿のようないとも高貴なる仲間を失わないことであった。女王は要求された通りに振る舞った。彼女は王を叱って仲直りすると、彼女の願望を王にお願いした。そして、その贈り物が約束された。こうして、アラルド殿は彼が王との約束から放免されて、他の高貴なる騎士らと共に相変わらず馬上試合を行い、また馬上試合や馬上競技に参加したのである。その挙げ句に、彼の偉大な善良さと驚嘆すべき勇敢さの名望がしばしば世界中に響き渡ったのである。

(1) アンジュ伯のカルロ（シャルル）（一二二七－一二八五）はナポリとシチリアのプランタジネット王家のシャルル一世として王位に就いた。
(2) このカルロ（シャルル）一世は一二七七年にエルサレム王国の王位も継承した。
(3) アンジュ伯シャルルはフランス王ルイ八世の息子で、後に偉業により歴史者らから偉大な指導者と称賛された。
(4) この伯爵夫人の歴史上の存在は現在のところ不詳である。
(5) この「ウニヴェルサ」伯爵はフランス中部の「ヌヴェール」(Nevers) 伯爵の誤記とされる。
(6) このフランス王ルイ九世（一二一四－一二七〇）は十二歳でフランス王となった。
(7) 本名「エラール・ド・ヴァレリ」(Erard de Valery) はアンジュ伯シャルルの顧問官で、タリアコッゾ (Taghiacozzo) の戦いで援軍を送った。
(8) フランス王ルイ九世は多くの法令を施行したが、その一つに封建的な「司法決闘」の抑制があった。
(9) イタリア語の言語 'beghino' は「ベギン会修道士」から蔑視用語で「信心に凝り固まった男」を意味した。
(10) ルイ九世自身は托鉢修道僧ら深い共感を持ち、彼自身も托鉢僧スタイルの衣服を纏っていたと言われる。
(11) 王は一二三四年にプロヴァンスのマルグリットと結婚して、十一人の子を儲けた。

LXI
哲学者ソクラテスについて、そして彼がギリシア人に返答した様子についてここでは語られる

ソクラテスはローマ[1]の高貴なる哲学者であったが、当時ギリシア人はローマ人に血筋の良い数多くの外交使節を遣わしていた。彼らの外交の主張は、ローマ人に与えている賦課を合法的に取りやめたいというものだった。それはスルタンに命ぜられたことであった「行って議論せよ。して必要とあらば金を使うのだ」と。使節団はローマに到着し、使節団の主張はローマの議会に提出された。ローマの議会はギリシア方の要求への返答は哲学者のソクラテスをおいて他の発言を無用と決定し、ソクラテスがいかなる返答をしても、それをローマは遵守すると議会は定めた。使節団はローマから遠く離れたソクラテスの住む場所へ赴き、彼の前に彼らの主張を突きつけようというのだった。彼らはソクラテスの家に着いたが、それはたいそう侘しいものであった。香草を摘んでいるソクラテスがいた。彼らは遠くらから彼のことを見ていた。彼は質素な身なりをしていた。彼らは互いに右ですでに述べたあらゆることについて吟味し、言葉を交わした。「簡単に買収できそうだな」と彼らは内輪でこう話した。彼が彼らには裕福ではなく貧乏に見えたからだった。到着して、言うには「あなたに神のご加護があらんことを。偉大な知恵の持ち主よ、その知恵たるや小さいなどということはありえない。というのもローマ人がかくも重要な返答をあなたに託したのだから。」彼らはローマの決定を彼

に見せ、彼に向かっていった「我々はあなたに筋の通った主張、それらは沢山ございますが、それをお示しいたします。して、あなたの理性は我らの正しきを認めることになりましょう。また我々には資金が潤沢にあるということもご承知おきください。このペルペロ金貨(2)をお受け取りになったらいかがか。我々は裕福な主に使えておりますゆえ、我らの主にとっては痛くもかゆくもありませんが、あなたにとっては非常に助かるのではありませんか。」ソクラテスは使節団に向かって答えていうには「まずは食事をなさい、それからあなた方の要求を考えよう」と。彼らは招待を受け、非常に貧しい食事をとり残らずたいらげた。食事の後、ソクラテスは使節団に向かっていった「ひとつか、あるいはふたつか、みなさん、どちらがよろしいとお思いか。」使節団はいった「ふたつです」と。するとソクラテスはいった「それならばあなた方の人々を伴ってローマ人のところへお行きなさい。というのも、仮にローマの町がギリシア人の人間を所有することになれば、ローマはその人と持ち物を得ることになるのだから。だが私がもしその金貨を受け取れば、ローマ人は彼らの欲しいものを失うことになるでしょう。」そして使節団は哲学者のもとを惨めな気持ちで立ち去り、ローマ人に服従したとのことであった。

---

(1)「ローマ」は明らかな誤り。正しくは「アテナイ」。
(2)原語は'perperi' ビザンティンの金貨であった。

LXII ここではロベルト殿[1]の話が語られる

アリミニ山[2]はブルゴーニュ地方[3]にあって、そこにはロベルト殿という名の領主だいて、彼は偉大な伯爵であった。年老いた伯爵夫人と彼女の侍女らには一人の愚かな門番がいて、彼は身体が大変大きく、バリガンテ[4]と呼ばれていた。侍女の一人が彼と寝始めて、彼女はこのことを他人に漏らした。その結果、それが伯爵夫人の耳まで届いた。伯爵夫人は彼が巨大であると聞いて、彼女は彼と寝た。領主は彼らを見張っていた。彼はその門番を殺害させて、彼の心臓でパイを作らせて、それを伯爵夫人と彼女の侍女らへ差し出した。すると、彼女らはそれを食べた。それを食べた後に、領主はご婦人方と話しにやって来て尋ねた。「あのパイの味はいかがだったかな?」彼女ら皆が答えた。「美味《おい》しゅうございました。」すると、領主が答えた。「これは驚くに当たらない、貴女らはバリガンテが生きている間大変にお気に入りだったのだから、彼が死んでも当然お楽しみでしょうよ。」伯爵夫人と彼女の侍女らはその事実を聞いたときに、彼女らは恥ずかしく思って、この世の名誉を失ったことがよく分かった。[5]彼女らは尼僧になって、リミノ山の尼僧の修道院[6]という名の修道院を建立した。この建物(修道院)は大層大きくなりじつに裕福になった。そして、ある物語の中で、ここでは次のような習慣があったと述べられている。すなわち、誰か高貴な人が多くの旅行荷物を持ってその傍を通り過ぎると、彼女らはその人を招き入れてじつに丁重に持て成した。そして、女子修道院長と修道女らがその人のところへお喋りをしながら集まって来て、その人を最も楽しませた女性《ひと》（尼僧）が彼に仕えて食卓からベッドまでお伴をする。翌朝、夜が明けるや、気がつくと水とタオルがそこにあった。そして、彼は起き上がった時に、彼女は彼に糸のない一本の針と一本の絹糸を準備した。そして、もし袖口にシャツの袖を縫い付けたいのならば、彼はその糸を針穴に通さねばならなかった。そして、三回で糸を針穴に通せなかったなら、女性らは彼のすべての衣服を脱ぎ取って、彼を丸裸にした。もし三回で糸を通せたなら、彼女らは彼に衣服を返して多くの素晴らしい宝石を彼に与えたのである。

（1）このロベルト殿は歴史上の人物ではないようである。
（2）「アリミニ山」とはフランス東部のボージュ山地西麓のモーゼ河谷に位置する「ルミルモン」を指し、フランク王国の王の別荘の周囲にできた集落がその起源となる。九一〇年には神聖ローマ帝国の皇女を院長とする女子修道院が建立された。
（3）フランス東部のソーヌ（Saone）川の西岸の地方を指す。上記ルミルモンはアルザスとロレーヌ高原の間のヴォージュ山地に位置してブルゴーニュの北方にある。
（4）中世フランスの武勲詩『ローランの歌』の中のバビロンの王族である偉大なイスラム教徒の登場人物を指す。
（5）不実な妻にその愛人の心臓を饗するというモチーフは『デカメロン』の第四日第九話にも見られる。
（6）ルミルモン修道院の歴史は長く複雑である。最初は男子の修道院から十世紀初めに女子修道院へ変わった。神聖ローマ皇帝とロレーヌの公爵領との間の戦争に巻き込まれて、多くの世俗の女らが女子修道女となった。その挙げ句に、「ルミルモンの高貴な貴婦人ら」の肉欲的習性が教皇から断罪されることになった。十二世紀に書かれた『ルミルモンの恋愛談議』*Concilium Romaricimontis* では、修道女の恋愛の相手は「聖職者」と「騎士」のいずれが良いかの裁定を、オウィディウスの権威に基づき、修道女らが裁定する討論詩がある。

LXIII

立派なメリアドゥス王と怖いものなしの騎士[1]について

立派な王メリアドゥスと怖いものなしの騎士は互いに戦場における宿敵であった。この怖いものなしの騎士がある日、身分を隠して遍歴の騎士の風采で歩いていると、彼のことを敬愛している彼の臣下らにあったが、彼のことには気付かなかった。すると彼らはいった「答えてくれはせぬか、遍歴の騎士殿、騎士道の名誉のために。立派な怖いものなしの騎士と立派な王メリアドゥスのどちらが素晴らしい騎士であるか。」騎士は答えた「神がわたくしめに幸運をくださるのならば、メリアドゥス王の方が鞍にまたがる騎士よりもすばらしいでしょう」と。すると臣下らは、自らの主君に忠誠を誓っておりメリアドゥス王のことをよく思っていなかったので、自分たちの主君をいきなり取り押さえ、甲冑を身につけたままの彼を馬から引き摺り下ろし駄馬の背に乗せると、彼らは彼を絞首刑に処すとこぞって言った。歩を進めていくと、彼らはメリアドゥス王に出会った。しかしながら王も変装していたので、彼のことを馬上槍試合に向かう遍歴の騎士だと勘違いした。すると王は彼らになぜその騎士をかくも手荒に扱うのかと尋ねた。それに彼らは答えて曰く「騎士殿、此奴めは死に相当《あたい》するからです。もしその理由をご存知であったならば、我らよりもひどく引っ立てていったことでしょう。奴にその悪行をお訊ねなさい」と。メリアドゥス王は近づいてこう言った「騎士よ、彼らがあなたをこのように酷い仕打ちを与えるのは、彼らにどんな悪行をなしたのか。」騎士は答えた「悪行も何も彼らに対して行っておりません、本当のことを口にする以外は。メリアドゥス王は言った「それはありえん。もっと詳しくあなたの悪行について話してみなさい」と。それに答えるには「殿、喜んで。わたくしは遍歴の騎士のふりをして歩いておりました。そしてここにいる臣下に出会い、彼らが訊ねたのです。騎士道の誠にかけて、メリアドゥス王と恐れを知らぬ騎士とどちらが素晴らしい騎士であるかと。それでわたくしは、前にも申しました通り、本当のことを申そうと思いまして、メリアドゥス王の方が素晴らしいと言いました。けれどもわたくしは真実をお伝えしようとして言ったのです、メリアドゥス王が私の宿敵であることや彼に死んでほしいほど嫌っていることを鑑みても。わたくしは嘘をつきとうございません。他に過誤は侵してはおりませぬ。ですが、そのために彼らは即座にわたくしに対し侮辱を与えたのです。」それを聞くとメリアドゥス王は臣下を打ち、騎士の縄を解き、隠されてはいたが彼の紋章がついた美しく立派な駿馬を与えたが、屋敷に到着するまでカバーを取らないようにと頼んだ。それから彼らは別れ、メリアドゥス王、臣下の者たち、騎士、それぞれの道を進んだ。騎士は夕どきにその邸宅に到着し、鞍の掛布《カバー》を取ってみた。するとそこに彼をかくも礼儀正しく解放し、馬を与え、宿敵と思っていたメリアドゥス王の紋章を見つけたのだった。

（1）散文版『トリスタン』より先に一三世紀のフランス語散文版 *Palamedes* がある。本書の時代にはすでにルスティチャーノ・ダ・ピザ Rusticiano da Pisa の作品 *Meliadus*（一二七〇?-）も知られていた。

LXIV

プロヴァンスのピュイ宮廷[1]で起こったある物語について

ノートル・ダム・ディ・プロヴァンスのピュイ宮廷で、豪華な祝宴会が企画された。ライモンド伯[2]の子息が騎士に叙任された時に、すべての貴族らが招待された。伯爵とその息子に敬意を表して、じつに多くの人びとが来たので、衣裳と金銭が不足してしまい、伯領の騎士らから衣裳を取り上げて宮廷に来た騎士らに与える必要が起こった。ある者らは拒否し、ある者らは同意した。その祝宴会が企画されたその日に、羽根の抜け替わった一羽の大鷹を竿の上に置かれた。そのとき、自らじつに逞しく勇気があり、その大鷹を素手で捕えられると思う人は誰であれ、その人はこの一年間宮廷を警備することを求められた。陽気で愉快な騎士や騎士見習いらは曲と歌詞で美しい歌を作曲して、四人の審査員が決められた。彼ら四人は優れた作品を記録して、その他の作品を作成した人びとにそれらを改善するようにいうためであった。さて、彼らは皆そこに居残って彼らの主人について多くの素晴らしいことを言った。そして、彼らの息子らは躾《しつけ》の良い高貴な騎士であった。

さて、これらの騎士らの一人（彼の名はアラマノ[3]と呼ぶ）はじつに勇敢で優秀な人物であったが、彼はグリジャ夫人[4]という名の大変美しい貴婦人に恋をするということが起こった。彼はそのお方をじつに密かに愛したので、その恋を誰にも漏れなかった。[5]その時、ピュイの騎士の従者らは一緒に騎士のアラマノを騙して彼に恋の自慢をさせようとした。彼らは幾人かの騎士や封侯に次のように言った。「われわれは次に行われる馬上試合で、誰もが皆大いに自慢し合うよう、あなた方に仕向けて欲しいと思います。」というのは、彼らは次のように考えた。「この騎士殿は武芸にじつに勇ましい。馬上試合のその日に、彼は首尾よく運ぶでしょう。すると、彼は興奮して喜ぶでしょう。騎士らは互いに自慢し合って、彼も自分の意中の淑女《ひと》を自慢せずにいられなくなります。」こうして、馬上試合が整えられた。例の騎士（アラマノ）は馬上試合で戦い勝利して歓喜で心躍った。その夜、寛《くつろ》いでいるときに、騎士らは仲間内で自慢話をし始めた。ある者らは素晴らしい馬上槍試合を話した。またある者らは美しい城について、またある者らは立派な大鷹について話した。

さらに、ある者らは勇敢な冒険談を話した。こうして、例の騎士アラマノ殿は自分がじつに美しい貴婦人を恋人に持っているのを是が非でも自慢したくなった。すると、彼は帰って彼女のいつもの愛顧をうける時が来たが、その貴婦人は彼に帰って貰った。その騎士は大変に当惑して、彼女と騎士仲間から離れて森の中へ入って行った。そして、彼は隠者の棲み家にじつにこっそりと閉じ籠ったので、誰も彼を知らなかった。今や、かくも気高い騎士の喪失を絶えず嘆いた騎士らや貴婦人らや乙女らの悩みを見た人は誰でも、彼らに同じように心から同情したであろう。ある日、ピュイの騎士の従者らが狩りの途中に道に迷って、上述の隠者の棲み家に遭遇した。彼は彼らがピュイの者かと尋ねると、彼らはそうだと答えた。それから、彼は彼らに近況を尋ねた。すると、彼らは悪い報せがあったと話し始めた。つまり、小さな過ちのため、彼らは騎士の華を失ってしまった。それは彼の恋人の貴婦人が彼に暇乞いを与えて、彼はどこへ行ったか誰も知らない。しかし、間もなく馬上試合が告示されて、その場に多くの良き人びとが集まってくるであろう。そして、われわれはかかる高貴な心の持ち主は、どこにいようとも、われわれと一緒に馬上試合にやって来ると信じています。そして、われわれは彼を直ちに制止するため、彼をよく知るじつに屈強な見張り人らを整えました。このようにして、われわれは大きな損失を取り戻したいと願っています。そのときに、その隠者は彼の親友へ手紙を書いて、馬上試合の日に秘密裡に馬と武器を手に入れてくれるように依頼し、彼は騎士の従者らを送り返した。そうすると、友人はこの隠者の要求を聞き届けて、その結果馬上試合の日に、彼に武器と馬を送った。こうして、彼はその日騎士らの群れの中にいて、馬上試合で大いに称讃を得た。見張り人らは彼を一目見て、彼と見分けた。すると直ちに、彼らは掌で彼を胴上げして大いに歓んだ。人びとは喜び、彼らの顔の前で眉庇《まびさし》を打ち下ろして、愛の名の下に彼らに歌を詠むように彼に懇願した。すると、彼はこう答えた。「私はわが愛する淑女《ひと》の赦《ゆる》しがないかぎり、決して歌を詠うことはしません。」気高い騎士らは彼の許を去って、彼の貴婦人のところへ行き、大いに懇願して彼を赦すように彼女に要請した。その愛する淑女はこう答えた。「彼にこうおっしゃってください妾《わたし》は彼が百人の領主と、百人の騎士と、百人の貴婦人と、百人の乙女とに声高に彼のため同情を切願させるまでは決して彼を赦しはしません。そして、彼らは皆声を揃いて大声で赦しを請わねばなりません。しかも、彼らが誰にその赦しを求めるのかを知ってはいけません。」するとその時、じつに賢いこの騎士は聖燭節《キャンドルマス》(6)の祝日が近づき、ピュイでは大きな祝祭日となり、善男善女は皆が修道院へ行くことを想い起こした。そして、私はわが貴婦人はそこに参り、そして、私が大声で同情を切願するに足る程の多くの良き人びともそこに参ると思う。」そのとき、彼はじつに美しい小さな歌を創った。そして、その朝に暫くの間、彼は説教

壇の上に登って、どの歌よりも良く歌い方の知っていた彼の小さな歌(7)を始めて、それを次のように朗誦した――‥

倒れては立ち上がれずに(8)、
他の人びとが大声をだし、
その象(9)を立たせるときのように、
わたしもその慣わしに従いたい、
わが罪はじつに重く罪深いゆえに、
ピュイの宮廷は大きな傲慢を抱いた。
して　誠実に愛する人らの嘆願がわたしを
立ち直らせねば、わたしは再び立ち上がれない。
彼らがわが慈悲を請うに値しなければ、
その時、理性に頼るは無益であるゆえ。

気高く愛する人らによって、
わたしが歓びを取り戻せないなら、
永久《とこしえ》にわが歌を詠うのをやめよう。
世の人はわたしに何も期待することなく、

わたしは去って隠者として生きよう、
　唯ひとり慰めもなく、それがわが望みなれば、
　［……………］
わが人生で　苦しみこそが歓びかのように。
わたしは容赦なく叩かれても弱らずに、
太って治《なお》りまた蘇える
熊ごときの者でないゆえ。(10)

皆の前で、わたしはわが舌禍を恥じる。
唯ひとりわが身を焼いて
再び蘇える
不死鳥に倣《なら》うことができるなら。
わが偽りと裏切りの虚言を恥じて、
わたしもわが身を焼こう。
さすれば、わたしは溜息と泪から甦《よみがえ》り、
そこに美と青春と高貴さとが宿ろう。
ひとえに必要なるは
ここに群れ集う人びとの

ひとひらの慈悲あるのみ。

（1）フランス北西部ソーミュール地方のロワール州にある小自治城市の一つ。

（2）レイモン・ベランガル（Raymond Berengar）四世と見做される。彼はプロヴァンス伯で詩人として名声があった。

（3）偽名「アラマノ殿」は「ゲルマン殿」（Master German）と訳すことができる。この話は十二世紀のトルバドゥールでシチリア派にも影響を与えたリガウト・デ・ベルベツィル（Rigaut de Berbezilh）に関する「作品解題《ラソ》」を変奏したものとされる。

（4）原文 'madonna Grigia' とは「灰色夫人」を意味して、上述の「ラソ」の中の奥方はジョフレ・デ・トナイ（Jaufre de Tonai）の妻と特定されている。

（5）自分の恋を「嫉妬深い夫」'*gelos*' から隠すのはプロヴァンス抒情詩の常套のテーマであり、ダンテの『新生』*Vita Nuova* の中の「目隠し貴婦人」'screen lady' までにも及ぶ。

（6）二月二日の「聖母マリア清めの祝日」で、蠟燭行列を行う。

（7）イタリア語の原文 '*Canzonetta*' は *canzone* の指小辞形であり、プロヴァンス詩の愛を詠う詩形「カンソ」*canso* に当たる。

（8）この騎士の歌はトルバドゥールのリガウト・デ・ベルベツェルが実際に歌った「カンソ」とされるが、原詩の五連が四連しかなく不完全とされる。

（9）象は愛の象徴として選ぶのは奇妙に見えるが、中世ではこの動物を忠実で節操があり、アダムとイブを表わすものと見做されていた。

（10）熊に関するこの奇妙な性質は中世の動物寓話にはないが、ダンテの父の死後その後見人であり、哲学者、学者、公証人でもあったブルネット・ラティーニ（一二二〇－一二九四）の熊に関する詩行で、「熊という動物は打たれることで太り、健康になると人びとが言う」と詠まれているようである。

LXV イゾルデ王妃とレオーニスのトリスタン殿(1)についてここで語る

コーンウォールのトリスタンはマルク王の妻、金髪のイゾルデを愛しておりましたが、彼らの間で次のような（愛の）サインを取り交わしていました。すなわちトリスタン殿が彼女と話をしたいと思う時は、泉のある王の庭園に行き、泉から流れる小川を濁らせることにしていた。この小川は先に申しましたイゾルデが住む宮殿のところを流れており、もし水が濁っているのが見えればトリスタンが泉のところにいることが分かったのである。さて何が起こったのだろうか。ある不運に見舞われた庭師が、二人の恋人たちが決して知られることのない方法に気づいてしまった。この庭師はマルク王のところに行き、彼にことの仔細を話した。マルク王は彼のことを信じた。王は狩りの計画をさせ、家臣の騎士を見失ってしまったようなふりをして彼らから離れた。騎士たちは王を探して、森じゅうを回った。そしてマルク王はトリスタン殿と王妃が会話を交わしている泉の上に伸びる松の木に登った。マルク王が松の木の上で夜を過ごしていると、トリスタン殿が泉にやってきて水を濁らせた。少しすると、王妃が泉のところへやってきて、偶然にもいい考えが浮かんだ。そして松の木を見上げると、いつもより影が濃いように思えた。すると王妃は怖くなって、そのために立ち止まった。そしてトリスタンとこのように話して言うには「ふとどきな騎士よ、妾《わらわ》はお前の大きな悪行について不平を述べるためにお前をここに呼んだのだ。というのも、かつてこんなにも自分の言ったことに不実な騎士はいなかったからだ。それで妾の、そしてお前をたいそう大切に思っているお前の叔父のマルク王の面目も潰したのだ。お前は妾の心を占めることもできないような遍歴の騎士たちに妾のことを話しているようだが、妾《わらわ》の主人マルク王のごとき高貴な王に不名誉を与えるくらいならば、むしろ燃え盛る炎の中に自らの身を投げ入れたほうがまし。であるから不実な騎士なるゆえに絶対にお前を信用しないし、尊敬することもない。」トリスタンはこの言葉を聞くと、怖くなって、こう言った「奥方様《マドンナ》、コーンウォールの悪意ある騎士たちがわたくしについてそのように言っていたとしても、まず言わせていただきたい。これらのことについてわたくしに罪はございません。お恵みを、奥方様、ああ！　彼らはわたくしのことが羨ましいのです。わたくしは今まであなた様やわが叔父マルク王の名誉を汚す様なことを話したり行ったりしたことはございません。しかしながら、それがあなた様のお望みであれば、わたくしはあなた様のご命令に従いましょう。他所《よそ》に赴き、そこで余生を送りましょう。もしかするとわたくしが命を終える前に、コーンウォールの悪意に満ちた騎士らは、アモロルド(2)の時に彼らがわたくしのことを必要としたように、わたくしが必要になるでしょう。わたくしが彼らを、また彼らの土地を悪徳と苦々しい隷従から解放したその時のように。」すると彼は何も言わずに立ち去った。二人の上にいたマルク王は、これを聞くと大いに喜んだ。朝がくると、トリスタンは馬に乗って行くふりをし、馬と騾馬に蹄鉄をはめた。小姓たちが行ったりきたりして、ある者は馬銜《はみ》を、ある者は鞍を運んでいた。それは大忙しであった。王はトリスタンの出立に大層ご立腹で、伯爵や騎士たちを集め、王の不興を買ったまま、挨拶もなく出発してはならぬとトリスタンに命令を送った。このようにマルク王は命令を出したので、王妃は人を遣って出発しないようにとトリスタンに伝えた。そのようなわけで、トリスタンはそこにとどまった。そして二人の間にある懸命な慎重さによって、彼は出てゆくことはなく、また驚きも騙されもしなかった。

(1) コーンウォールのマルク王の甥。円卓の騎士の一人で、金髪のイゾルデと恋に落ちる。
(2) アイルランドの王。マルク王から貢物を強要するために町を包囲したが、トリスタンに殺された。

LXVI

ここではディオゲネス(1)と呼ばれた哲学者について語る

昔、たいそう学識の深い哲学者がおり、その名をディオゲネスといいました。この哲学者はある日、水たまりで水浴びをして、岩のうえで日光浴をしておりました。マケドニアのアレクサンダー大王が大軍を連れて通り過ぎてゆくところでした。彼はこの哲学者を見ていいました。「ああ、貧しきものよ。お前のほしいものを言ってみるがいい。さらば与えてやろう。」するとその哲学者は答えました。「お願いでございます。太陽をわたくしめからお奪いにならないでいただきとうございます。」と。

(1) ディオゲネス(紀元前四一二?―三二三) 犬儒派の哲学者。ウィットに富んだ格言で知られる。

LXVII

ここではパピリオ(1)の父が彼を元老院会議へ連れて行った経緯が語られる

パピリオは大変に威勢があり賢明で、じつに戦い好きなローマ人であった。そして、ローマ人らはこのパピリオの勇敢さに身を委ねることで、自分らはアレクサンダー大王に対してさえ防衛することができると信じていた(2)。パピリオが未だ子供であったときに、彼の父親は彼をよく会議へ一緒に連れて行った。ある日その議会は制定事項に関する秘密保持を厳しく課した。しかし、彼の母親はローマ人らが会議を開催した理由を聞き出したくてパピリオを大いに困らせた。パピリオは母親の願望を見て取って、見事な嘘を考え出しこう言った。「ローマ市民は人口を増やすため、男が二人の妻を持つのと、女が二人の夫を持つのと、そのいずれがより良いかを審議しました。色々の国々がローマへ反逆しているからです。

それで、会議では男が二人の妻を持つ方がより好都合であると裁定されました。」彼の母親は秘密を守ると約束したが、それを別の女に打ち明けると、その女は代わってまた別の女に秘密を洩らした。その話は次から次に広まって、遂にはローマの人びとの誰もがその話しを耳にした。女らは一緒に集まった元老院議員らへ出向いて大いに不平を訴えた。すると、彼らはより大きな民衆の騒乱を強く恐れた。彼女らの理由を聞いて、彼らは丁重に彼女らを引き取らせて、パピリオをその偉大な知恵ゆえに褒め称えた。

その日以来ずっと、ローマ市はいかなる父親も息子を元老院会議へ連れて来ないことを定めた。

（1）本名はアルキウス・パピリウス・クルソルというローマの執政官にして独裁者。紀元前四世紀の第二次サムニウム戦争でサムニウム族に勝利した英雄。
（2）パピリウスはアレクサンダー大王に戦いで遭遇したことはないとされる。

LXVIII

ある青年がアリストテレス[1]にした質問について

アリストテレスは偉大な哲学者でした。ある日、ひとりの青年が彼のところにやってきて、聞いたこともないような問いをこのように投げかけました。「先生、わたしはある事を目にしたのです。それで、わたしはひどく嫌な気分になってしまいました。ものすごく年を取った老人にあったんですが、彼はとんでもなくふしだらな事をしていたのです。そこで、もしそれが老年のせいであるならば、年を取って愚かな真似をするより、わたしは若いうちに死んでしまいたいと思うのです。だから、神かけて、できましたら助言を願います」と。アリストテレスは答えました。年を重ねても、性質が弱さへと変化しないと言うつもりはない。我々の良き生来の熱が減じてしまえば、理性の力は失われる[2]。だが、君の見解に応えて、私の与り知るところを教えよう。この様にするのだぞ。君が若いうちには、立派で、楽しく、正直なことを習慣《ならい》としなさい。そしてこれらの反対のことから自分の身を守りなさい、いいかな。そうすれば年寄になったときに、性質によってでも、理性によってでもなく、君がなしてきた立派で喜ばしく長く続けた習慣によって、清廉に生きることになるだろう。

(1) アリストテレス(紀元前三八四－三二二)はマケドニア生まれ。プラトンのもとで哲学を学んだ。

（2）この話は中世で人気のあったテーマ puer senex を扱っている（巻末文献抄の E. R. Curtius の書 PP. 98-101 を参照）。また『倫理学』*Ethica* におけるアリストテレスの思想を表していると言われる。

LXIX

トラヤヌス帝(1)の偉大な正義についてここで語られる(2)

トラヤヌス帝は、それは正義のお方であった。ある日、帝の騎兵団とともに敵軍に向かって進んでいたところ、一人の寡婦が帝の御前にまかり出て、鐙のところをつかんで言うには「殿、私の息子を殺した輩に正義を下してくださいまし」と。すると帝は答えていった「戻ってきた時に、お前の願いを叶えてやろう。」ところが彼女はこう言った「もしお戻りにならなかったら？」と。帝は答えた「私の後継者がお前の望みを叶えるだろう」と。彼女はいった「それでも、もしあなた様の後継者というひとがわたしの願いをかなえてくださらなければ、あなた様はわたくしに貸しを作ることになりましょう。仮にその方がわたくしの願いをかなえて下さったとしても、他の方が行った正義によってあなた様への非難は免れませぬ。もし彼が自らその同じ債務を果たしたなら、善行はあなた様の後継者のものとなりましょう」と。それを聞いて皇帝は馬から降りて、彼女の息子を死に追いやった輩に正義を下した。それから馬に乗って行き、敵を倒した。

皇帝の死後、さほど時を移さず、祝福されし聖グレゴリウス教皇(3)は偶然にもトラヤヌス帝の正義を知って彼の像のある場所へ赴き、涙を流しながらその偉大な勲功を賞讃し、彼を墓から掘り起こした。しかし骨と舌を除き、彼は全て灰に帰していることがわかった。つまりこのことは皇帝が優れて正義の人であり、言葉においてもいかに公平であったかを示している。それから聖グレゴリウスは彼のために神に祈りを捧げ、そして疑いようのない奇蹟のためにこのように言われている。すなわち、この聖なる教皇の祈りによってこの皇帝の魂は地獄の苦しみから解放され、彼は異教の人ではあったが、永遠の命（天国）に入られたのだと。

（1）トラヤヌス Marcus Ulpius Trajanus（五三?－一一七）ローマ皇帝（在位九八－一一七）。
（2）この話は *Fiori e vita di filosafi*, xxvi にもみられる。また『黄金伝説』*Legenda Aurea* にも類話がある。
（3）グレゴリウス一世（五九〇－六〇四、教皇在位五九〇－六〇四）

LXX

ここではヘラクレース[1]が森の中に行った経緯が語られる

ヘラクレースは他の誰よりも強い男であったが、彼には多くの苦痛を与えた一人の妻[2]がいた。彼はある日急いで出掛けて大きな森へ入って行くと、そこに牡熊とライオンと獰猛な野生の動物らを発見した。彼はすべての動物を彼の腕力で引き裂いて殺した。そして、彼は彼から身を守るほどに強い野獣らを発見しなかった。そして、彼はこの森に長い時間を過ごした。その後、彼は衣服がぼろぼろに引き裂かれ、ライオンの皮を背中に担いで、家の妻のもとへ帰った。妻は彼を大変喜んで出迎え話し始めた。「お帰りなさい、わが旦那さま、何と珍しい物をお持ちですこと！ ヘラクレースは答えた。「儂《わし》は森から帰って来て、どんな野獣も妻のお前より控え目であると分かった。というのは、儂が出会ったいかなる猛獣も、お前以外にはすべて征服したのだからだ。それどころか、お前はこの儂を征服したのだ。したがって、お前は儂が出会った中で最も強力な女である。なぜなら、お前は他のすべてを打ち負かしたこの儂に打ち勝ったのだから。」

（1）大神ゼウスの子供で不死を得るために十二の功業（The Labours of Hercules）を遂行したギリシア神話の大力無双の最大の英雄。

（2）カリュドンの王オイネウスとアルタイアーの娘でメレアグロスの妹。ヘラクレースは冥府のメレアグロスの頼みで姉妹のデイアネイラと結婚したが、夫ヘラクレースが他の王女を愛したため、嫉妬してケンタロス族の一人のネッソスの血染めの下着を夫に送った。ヘラクレースはそれを着ると毒血で皮膚が腐蝕し、苦痛のため火葬壇に登り焚死した。

LXXI

息子に死なれたある婦人をセネカ(1)が慰めた様子をここでは語る(2)

息子を亡くしたある婦人をセネカが慰めようとして、『慰めについて』という本に現在私たちが見るように、このような言葉をかけた「お前さんが他の婦人と同じような婦人であれば、私が話そうと思っていたようには話すまい。しかしながらお前さんは女ではあるが男の知性を持っておるのだから、そのように話そう。二人の婦人がローマにおったが、それぞれの息子たちは死んでしまった。一人はそれは良い子であったが、もう一人もそれにも増して良い子であった。一人の婦人は慰めを受け取り、そして慰みを得られた。もう一方の婦人は家の片隅に隠れ、あらゆる慰めを拒絶し、涙に暮れた。これらのうちでどちらが賢明だろうか。慰みを得られた方ともしお前さんが答えるならば、お前さんは間違っておらん。それならばどうして泣いておるのじゃ。お前さんが私にこう言ったとしよう、私は息子のために泣いております、というのも息子は孝行者でしたから、と。それならばお前さんは息子を悼んでおるのではない、お前さんが失ったことに対して涙しているのだ。自分自身のために泣いているというわけで、御身大事で嘆くというのは、まことにもってはしたなきこと。だが、もし、私の心は痛みます、息子のことを愛してやまないのだからと、いうのならば、それは真実ではない。というのも息子が亡くなった今、生きている時よりも愛してはいないのだから。仮にお前さんの悲しみが愛のためであったとして、なぜにお前さんは息子が生きておった時に泣かなかったのか、彼が死ぬとわかっていながら。だから自分を許してはならぬ。泣くのをおやめなさい。お前さんの息子が亡くなってしまったのなら、どうしようもない。死は自然に従っていて、それゆえ、適切な方法によって、死はすべての者にとって必要なことなのだ。」このように言って彼女を慰めた。

さらに、皇帝ネロ(3)の教師であったセネカの書にあるが、ネロがまだ若く生徒であった頃、セネカは彼を打ったという。そしてネロが皇帝になると、セネカが行った折檻を覚えていて、捕まえて死に追いやった。だが、ネロはセネカにどのような死に方をしたいかを選ばせるという寛大さを見せた。そこでセネカは熱い風呂で身体中の血管を切開するという方法を選んだ。セネカの妻は嘆き悲しんで、こう言った「ああ、あなた、罪もないのに死ななければならないとは、なんという苦しみでしょう」と。するとセネカは答えた「悪いことをせずに死んだほうが、罪を犯して死ぬよりもいい。というのも、罪を犯して私が死ねば、不正にも私の命を奪う者は許されてしまうだろうから」と。

(1) セネカ(小セネカ)Seneca(紀元前四?-紀元六五)ローマの哲学者。ネロ帝の教師であったがのちに死を命ぜられ自害。
(2) 最初の部分は、セネカの『マルキアに対する慰めについて』*De Consolatione ad Marciam* の一-三、十九から、また第二部はアルフォンス・ダゴスティーノの *Fiori e vita di filosafi*, xxiv に由来する。
(3) Nero(三七-六八)第五代ローマ皇帝。六四年のローマ大火は彼によるものと考えられている。

LXXII
カトー[1]が〈運命〉に対し不平を述べた次第についてここで語る[2]

哲学者のカトーはローマの偉大な人物であったが、牢獄にて哀れな思いをしていた時、〈運命〉と言葉を交わし、苦情を述べ立てました。「何故にこのわたしをこんなにも苦しめるのか」と。〈運命〉はその座からゆっくりとお答えになり、この様に仰いました。「わが子よ、何と慎重にわたしはお前のことを育て養ったことか。それにお前が望んだことはすべて与えてやった。ローマの権力もお前に与えた。わたしはお前を多くの快楽、立派な邸宅、莫大な金品、大騎兵隊、瀟洒な身なりの主にしてやった。ああ、わが子よ、どうしてお前は嘆くのか。わたしがお前から離れたからなのか。」するとカトーは答えました。「そうです、わたしは嘆いておるのです！」〈運命〉がそれに答えました。「わが子よ、お前はとても賢いのだ。考えてもみよ、わたしには養育しなければならない小さな子らがいるのだ。お前はわたしにあの子らを見捨てよというのか。それは正しいことではなかろう。ああ、育てなくてはならない小さな子らが何とたくさんいることか！　わが子よ、お前とはもう一緒にいることはできないのだよ。嘆くのはおやめ。わたしはお前のことを苦しめたりしてはいないのだから。お前が失ったものは、もとよりお前のものではなかったのだから。失われるものというのは、その人固有のものではなく、またその人固有のものでないということは、お前のものではないということなのだよ」と。

（1）Cato（小カトー）（紀元前九五－四六）ローマの哲学者。
（2）この話はボエティウス『哲学の慰めについて』*De Consolatione Philosophiae* を下敷きにしている。

LXXIII

お金に困ったスルタン[1]が正当な理由もなくユダヤ人[2]を告訴した顛末《てんまつ》

お金に困ったスルタンが彼の国にいた金持ちのユダヤ人に正当な理由もなく告訴して、その後に、数え切れない程も莫大な彼の財産を彼から没収するよう忠告された。このスルタンはこのユダヤ人を呼びにやって、どの信仰（宗教）が最も優れているかを彼に尋ねて、「もし彼がユダヤ教と言ったら、余は彼がわが宗教に違反していると言おう。」そして、「もし彼がイスラム教徒と言ったら、余はそれではなぜお前はユダヤ教を実践するのか？　と言おう。」と、考えていた。そのユダヤ人は彼の主君の質問を聞いて、こう答えた。「君主殿、かつて三人の息子を持つ一人の父親がいて、彼は世界中で最も素晴らしい宝石の付いた指輪を持っていました。この息子らの各々が父親に死んだときに、この指輪を自分に遺してくれるよう頼みました。父親は息子らが各自その指輪を望んでいるのを見て取って、腕利きの鍛冶屋を呼びにやってこう言った。「親方、余はこれと全く同じ二つの指輪を作って、それぞれにこれとよく似た宝石一個を嵌め込んで欲しい。」その鍛冶屋の親方は全く同じ指輪を作ったので、その父親を除いて、誰も本物を見分けがつきませんでした。父親は一人ずつ息子を呼んで、一人ずつにこっそり彼の指輪を与えたのです。すると、各自が銘々に本物を貰ったと信じ込んでいました。そして、彼らの父親を除いて、誰も真実を知りませんでした。従って、私は陛下にこう申し上げます。「信仰（宗教）に関しましては、三つあります。そして、天上の父なるお方が最善のものを知っております。われわれはそのお方の息子らです。各自は良いもの（信仰）を持っていると信じています。」すると、その時スルタンはこの男がこのように無難に乗り切ったのを耳にして、スルタンは彼を咎める言葉すら見つからずに、そのユダヤ人を釈放したのである。

（1）この話はイタリアの古譚集《ノヴェッリーノ》の中で最も有名な話の一つで、ボッカッチョの『デカメロン』の「第一日第三話」にも含まれている。このスルタンはかの有名な初代スルタンの「サラディン」と特定される。

（2）同様に『デカメロン』「第一日第三話」の話の中では、このユダヤ人は「メルキゼデック」（Melchizedek）とされている。

LXXIV

ある臣下と主君の物語がここで語られる(1)

ある君主に一人の臣下がいた。その君主は封土を所有しており、新鮮なイチジクの実がなる時期に、その君主が地所を歩いていると、イチジクの木のてっぺんにそれはよく熟れたイチジクの実が目に止まった。それを臣下に摘ませた。その臣下はこのように考えた。君主はイチジクが好物だから、それらを私は見張っていよう。そう思い巡らして、イバラで囲み見張っていた。実が熟れてくると、君主の愛顧が得られると思い、たくさんのイチジクを彼のところに運んだ。しかしそれらを運びこんだ時には、もう既に時期は過ぎてしまっていたために、それらたくさんのイチジクを豚にやるしかなかった。そのイチジクを見て君主は馬鹿にされた気分になり、召使に命じて臣下を縛り、彼からイチジクを取り上げて、その顔面に投げつけさせた。イチジクが目のそばまで来ると、叫んだ「ご主人様、ありがたや！」と。召使たちは、これはおかしいと、君主のところへ行って伝えた。すると君主はなぜ臣下がそのようなことを言ったのかとたずねた。彼は答えた「殿、わたくしは桃を持っていくように勧められましたものですから。そのようなわけでもし桃を運んでおりましたら、今頃目が潰れていたでしょうから」と。すると君主は笑い出し、縄を解いてやり新たに着るものを与えてやり、そして彼の所望したものを新たに贈った。

（1）スエトニウス Gaius Suetonius Tranquillus 著『皇帝伝』*De vita Caesarum* の中のティベリウス帝の部分に同様の部分が見られる。

LXXV

ここでは、主なる神が旅芸人にお伴される顛末が語られる

主なる神はかつて一人の旅芸人につき添われていた。さて、ある日結婚披露宴と金持ちの男の葬式が布告されることが起こった。旅芸人は言った。「わたしは結婚披露宴へ参ります。あなたは通夜[1]へお出《い》でください。」神は葬式へ行ってその死者を蘇えらせたため、百ビザンティン貨幣を手に入れた。旅芸人は結婚披露宴へ行って満腹になるまで食事をした。彼は帰宅すると、彼の連れ合いが金を儲けたのを知った。旅芸人は断食していた神に敬意を表した。旅芸人は神に金を出させて、太った仔山羊の肉を買ってそれを焼いた。そして、それを焼いている間に、彼はその腎臓を抜き取ってそれを食べた。彼の仲間は食べ物が眼の前に出されたとき、腎臓について尋ねた。旅芸人はこう答えた。「この国の山羊は腎臓を持っていないのです。」それから、結婚披露宴ともう一人の金持ちの葬式が布告されることが再び起こった。すると、神が言った。「わたしは今度結婚披露宴へ行きたいし、君は葬式に行くことにしよう。わたしは君に死人を蘇えらせる仕方を教えるから。彼に十字を切って立ち上がれと命令しなさい。そうすれば、その死人は蘇えります。しかし、前もって君にいくら払うべきかを彼らに約束させなさい。」すると、旅芸人は言った。「よし、そうするよ。」彼は行ってその死人を蘇えらせることを約束した。しかし、旅芸人が十字を切っても死人は立ち上がらなかった。その死者

は大領主の息子だった。父親はこの旅芸人が自分を愚弄したのを見て激怒した。彼は旅芸人を絞首刑に処すように送った。すると、神が彼の眼の前に現れて言った。「恐れずともよい、わたしが彼を蘇えらせるから。しかし、誓ってわたしに言ってほしい——誰が仔山羊の腎臓を食べたのかを?」すると、旅芸人は答えた。「儂《わし》が行かねばならぬ永遠の生命に掛けて、わが友よ、儂はその腎臓を食べていない。」神は彼に真実を言わせられないと分かって、彼に大いに苛立った。神は行って死者を蘇えらせた。こうして、旅芸人は釈放されて、彼に契約された約束の報酬を手に入れた。彼らは家に帰った。神はこう言った。「わが友よ、わたしは君と別れたい、君はわたしが信じていたように、誠実ではないのが分かったからである。相手はこれ以上得るものは何もないと思って、こう言った。「同感だよ。お金を分配しなよ、儂《わし》は分け前を取るから。」神はその報酬を三等分にした。旅芸人は言った。「何をしているのか、われわれは二人しかいないのに?」すると神は言った。「これで本当に良いのです。しかし、これは腎臓を食べた人の分け前であるから。その他の二つの一方は君の分であり、もう一方はわたしの取り分です。」すると、旅芸人はこう言った。「君はそう言うのだから、誓って言うが、儂《わし》がその腎臓を食べたのだよ。儂は最早嘘を言うべきではないほど齢《よわい》を重ねたからね。」

こうして、人は死から生命《いのち》を救うためさえ認めぬことを、金《かね》のためには公言するのが証明されたのである。

(1)イタリア語の原文では‘e tu al morto’「そして、君は死人のところへ」となっている。

LXXVI

リッカルド（リチャード）王[1]の行った大虐殺についてここで語られる[2]

英国の善き王リチャードは、男爵、伯爵や勇敢で立派な騎士らとともに海を渡って行った。彼らは馬を連れずに船で進んでいった。そしてスルタンの国へ辿り着いた。王は徒歩で戦うよう命令を発し、サラセン人の大虐殺を行うと、（サラセン人の）子どもが泣きさけび、彼らの乳母たちが「リチャード王がやってきたわ」と言った。というのも彼は〈死〉のごとく恐れられていたからだ。ある者が言うには、スルタンは、自分の臣民が逃げたのを見ると、こう尋ねたということだ「こんな虐殺を行った騎士は何人ほどいるのか」と。彼に対する答えはこうだった「殿、それはリチャード王とその臣下たちだけです」。スルタンは言った「リチャード王のごとき高貴な人間が徒歩で進むなどありえぬことだ！」と。彼は立派な駿馬をリチャード王に送り届けるよう指示した。使者は馬を引っ張っていき、こう伝えた「王よ、スルタン様があなた様にこの馬をお贈りいたします。あなた様はお歩きになるべきではないということですので。」だが、抜け目なき王は、その馬を試してみようと従者に乗らせてみた。この従者が馬に乗ると、その馬はうまく訓練されていて、従者は抑えることができず、馬は全速力でスルタンの天幕に向かってまっすぐ進んだ。スルタンはリチャード王のことを待っていたが、彼が来ることはなかった。このように、敵の愛想のいい態度を信用してはならない。

（1）リチャード獅子心王（英 Richard the Lionheart。在位一一八九－九九）のこと。ヘンリー二世とエレノア・ダキテーヌの子。仏王フィリップ二世の第三回十字軍に加わった（一一九〇年）。
（2）この物語は *Conti d'antichi cavalieri*, III にもあるが、*Chronique d'Ernoul*（ed. L. de Mas Latrie, Paris 1871, p. 281.）に類似したフランスの年代記から派生したものと考えられる。

LXXVII

ここでは宮廷に出入りする騎士リニエリ殿について語られる

モンテ・ネロ[1]の宮廷騎士リニエリ殿はサルデーニャ島へ旅をして、領主のアルボレアの領主邸に逗留して、そこで彼はじつに美しいサルデーニャの女に恋をした。彼はその女と同衾した。彼女の夫は二人を発見したが、彼らに危害を与えず、彼の領主の前に行って、ひどく嘆いた。領主はこのサルデーニャ人を愛していた。それで、彼はリニエリ殿を呼び出して、大いに威嚇する言葉を彼に言った。そして、リニエリ殿は釈明して、その女を迎えにやり、彼女は愛以外のため何か行ったかを彼女に尋ねるように領主に言った。揶揄や冗談はこの領主には通じなかった。彼はリニエリ殿にこの国から去らねば死罪に処すると命令した。ここに滞在して何も手に入れていなかったので、リニエリ殿はこう言った。「もし宜しければ、ピサ[2]の貴方の執事[3]に私に支払いをするよう指示して下さい。」領主は言った。「大いに喜んでそう致しましょう。」彼は手紙をしたためて、それをリニエリ殿へ手渡した。さて、彼はピサに着くと、くだんの執事のもとへ行った。すると、その執事は多くの貴族らと食卓を囲んでいたので、彼に事実をあるがままに話して、リニエリ殿はその手紙を執事に手渡した。彼はその手紙を読んで、紐だけついて底のないリネンの長靴下一足だけ与えて、他には何も与えてはならないことを知った。そして、彼はその贈り物を騎士ら全員の前で受け取ることを望んだ。その贈り物を受け取ると、彼らは皆大いに笑って面白がった。彼はそれを少しも責めなかった。なぜなら、彼はじつに高貴な騎士であったからである。それから、彼は彼の馬と下僕と共に船に乗ってサルデーニャへ帰って来た。ある日、領主は他の騎士らと気晴らしに出掛けていると、巨軀で脚の長いリニエリ殿が例の長靴下を履いて痩せ馬に跨りやって来た。領主は彼に気づいて、大いに憤慨し彼を眼の前に連れて来させてこう言った。「リニエリ殿、貴殿はサルデーニャから立ち去ったのはなかったのかね？」「確かに、私は立ち去りましたが、長靴下の底のため戻って来ました。」彼は両脚を伸ばしてむき出しの両足を見せた。すると、領主は陽気になって笑い彼を許した。そして、領主はリニエリ殿に自分が着ていた衣服を与えてこう言った。「リニエリ殿、貴殿は余よりも賢明で、余が教えた以上に物事を弁えている。」すると、リニエリ殿は言った。「これはすべて貴殿の名誉のお蔭です、領主殿。」

（1）歴史上の人物が特定できない。
（2）中世時代を通して、ピザとジェノヴァはサルデーニャの四分割した独立国の支配権を求めて戦っていたとされる。
（3）イタリア語 'siniscalco' とは中世の王侯・貴族の「執事、家令」を意味する。

LXXVIII

学問を俗語に翻訳することに熱心なある哲学者の話

ひとりの哲学者がいた。その人は諸侯や他の人々のために学問を広めようと熱心であった。ある晩、このような夢を見た。〈学問の女神たち〉が、美しい女の姿になって、売春宿にいた。彼（哲学者）はこの様子を目にすると、大変驚いて、こう言った「これは何たることか。あなた方は〈学問の女神さまたち〉ではないのですか」と。彼女らは答えた「もちろん、その通りです。」「ではどうしてこのようなことになっているのですか。売春宿にいらっしゃるなんて。」女神たちは答えた「これで良いのです。だってあなたご自身が私たちにここに居させたかったのでしょう」と。彼は目を覚ますと、学問を俗語で大衆化することはその崇高さを減じることになると考えた。彼は学問を大衆化することをやめ、深く後悔した。あらゆる物事があらゆる人々に合うわけではないことをお知りおきいただきたい[1]。

（1）いつどのような場面でラテン語あるいは俗語を使うのかという問題は中世・ルネサンスを通じて議論の対象となっていた。ボッカッチョ『異教の神々の系譜について』*De Genealogiis Deorum Gentilium* 第三巻に同様の夢が語られている。

LXXIX

ここでは彼の領主を崇拝する旅芸人について語られる

その宮廷に旅芸人たちを抱えたある領主がいて、ひとりの旅芸人はその領主を神のごとく崇拝して、彼を神様と呼んだ。もう一人の旅芸人がこれを見て、このためその旅芸人を非難した。そして、彼はこう言った。「お前は誰を神と呼んでいるのかね、神は一人しかいないのに？」すると、最初の旅芸人は主人の支持を期待できるのを知って、その旅芸人をひどく殴りつけた。相手の旅芸人はいたく惨めになり、わが身を守れないので、彼はその領主のところへ不平を述べに行き、すべての事実を彼に話した。その領主はその状況をからかい無視した。従って、この旅芸人は宮廷を出て、貧しい人びとの間でひどく悲惨であった。なぜなら、彼は最早敢えて立派な人びと――つまり、彼をひどく痛い目に遭わせた人びと――の間に留まらなかったからである。さて、この領主はこのため大いに非難されることが起こった。それはじつに厳しかったので、彼はこの旅芸人を解雇して追放する決意をした。そして、この宮廷にはこのような慣わしがあった、――つまり、領主が贈り物を送った人は誰もが、彼の宮廷からの追放を意味すると理解すべきことである。そして、この領主はじつに多くの金貨を手に取ってそれらをケーキの中に入れた。そして、彼の旅芸人が次に彼の前に現れたときに、それをこの旅芸人に与えた。そして、この領主は独りごとをこう言った。「余は彼を追放せざるをえないのだから、彼は金持ちの人のところへ行ってほしい。」この旅芸人がそのケーキを見たときに、彼はひどく悲しくなった。彼は心の中で考えてこう言った。「儂《わし》はもう食べたのだから、これを残して置いて、儂《わし》の宿の女主人に差し上げよう。」それを持って宿へ行くと、そこで彼が大いに殴って傷めつけて、今も哀れで惨めなあの男（旅芸人）と遭遇した。すると、この旅芸人はその男に同情し、彼の傍に近寄ってそのケーキを彼に与えた。彼はそれを手に取って、それを持ち立ち去った。彼は宮廷の旅芸人から蒙ったすべてのことが十分に償われたのである。こうして、もう一方の旅芸人は暇乞いをするために領主のもとへ帰ると、領主はこう言った。「君はまだ此処にいたのか？　ケーキを受け取らなかったのかね？」「領主殿、受け取りました。」「そのケーキをどうしたのかね？」「殿《との》、儂《わし》は既に食べていたので、領主殿をわが神と呼んだので、儂を非難した例の哀れな旅芸人にそれをくれてやりました。」

するとと領主はこう言った。「不運に見舞われるがよい、というのは、実際、お前の神より彼の神の方がより立派だからである。」それから、領主はケーキの真実を彼に語って聞かせた。この旅芸人は吃驚して押し黙って、どうしたら良いか分からなかった。彼は領主のもとを立ち去って、領主から何一つ貰えなかった。彼はケーキを上げたあの旅芸人を探し歩いた。彼はその男を見つけ出したことは決してなかった。

LXXX
フィレンツェのミリオーレ・アバーティ殿[1]が口にした物語についてここで語られる

フィレンツェのミリオーレ・アバーティ殿はシチリアのカルロ王[2]の御前に参じ、自分の財産を守ってくれるようにと嘆願しようと思った。この騎士は非常に礼儀正しく、詩をうまく吟じることもでき、またプロヴァンス語にもよく通じていた。シチリアの新米騎士らは敬愛する彼のために盛大な宴を催した。さて、テーブルから離れる時が来ると、婦人たちのいる場所へと彼を連れて行った。彼女らは宝石や寝室や愉快なことを彼に示した。その中から燃え盛るアロエと琥珀が彫りつけられている幾つかの銅の球を彼に見せたが、煙がそこから立ちあがり寝室を芳しい香りで満たしていた。これについてミリオーレ殿は口を開いて言うには「これはどんな悦びをあなたがたに与えるのか」と。すると一人の騎士がこう言った「それは彼女たちがいるからです。」ミリオーレ殿は言った「騎士の皆さん、あなたがたは間違っています。これは悦びではございませんぞ」と。騎士らは彼を取り囲み、その理由《わけ》を質した。彼らが聞きたがっているのを見ると、言った「皆さん、万物はその性質によってその役割を果たしているのです。けれどもその規則のすべてが（ここでは）失われています[3]」と。すると彼らはどうしてかと尋ねた。彼は「アロエと琥珀からでる煙はその素晴らしい自然な香りを失っている」といった。つまり、カワマスが腐ったような匂いを発しなければ、女は価値がないというようなものだ、と。すると騎士らは大いに笑い、ミリオーレ殿の言葉を愉しんだのである。[4]

（1）フィレンツェの詩人。
（2）シャルル・ダンジュー（第六十話（LX）の注（1）を参照）のこと。このことから一二六六－八二年の間のことだと思われる。
（3）「堕落したすべてのものは、それ本来の性質を失ってしまう」という意味らしい（*Poeti del Duecento*, p. 867fn）。
（4）本書中、最も女性嫌悪的《ミソジニック》な話であるが、ミリオーレが果たしてそうであったかは、いかなる現存文書にも見られない。

LXXXI

ここではトロイアのプリアムス王[1]の息子らが開いた審議について語られる

ギリシア人らがトロイアの都城《まち》を破壊して[2]、テラモン[3]とアガメムノン[4]が彼らの姉妹ヘシオネ[5]を略奪した後で、プリアムスの息子らがトロイアの都城を再建したときに、彼らは多くの同盟国と会議を開いて、友人らの間で次のように話し合った。「さて、諸君よ、ギリシア人らはわれわれに大いなる恥辱を働いた。彼らはわが同胞を殺し、城市《まち》を破壊して、われわれの姉妹を略奪した。われらは多くの同盟国を持っている。われわれは財宝を十分に蓄積した。よって、ギリシア人らへ損害賠償をして、妹ヘシオネを返すよう要求しよう。」パリス[6]もこう言った。すると、当時世界中のすべての騎兵らを勇敢さで凌いだ勇ましいヘクトル[7]は次のように言った。「諸君、儂《わし》は戦争を好まぬし、戦争を勧めはしない。なぜなら、ギリシア人らはわれわれよりも強力だからである。彼らは勇猛さ、富と知識を持っている。そのため、彼らの大きな武力のため、われわれは彼らと戦争することができない。儂《わし》が言うのは、臆病からそう言うのではない。というのは、もし戦争が起きて、それが避けられないなら、儂は他の騎兵と同様にわが祖国を防衛して、戦いの重荷を背負うつもりだ。」そして、この言葉は無謀にも戦争を開始しようとする人びとへ向けられたものである。今やその戦争がどのみち勃発した。ヘクトルはトロイア人らと一緒に参戦して、彼は獅子奮迅の戦いをし、彼の手で二千人のギリシア兵士らを殺害した。ヘクトルはギリシア人らを殺して、トロイア人らを支えて彼らを死から救った。しかし、遂にヘクトルは殺されて、トロイア人らはあらゆる防衛策を失った。というのは、あの無謀な戦争開始論者らが彼らの士気が衰え始めたからである。そして、トロイアは再びギリシアに壊滅されて、敗北した。

（1）ラオメドン王の息子で、トロイア戦争のトロイアの王。また、彼はヘクバの夫でヘクトル、パリス、女予言者カッサンドラの父親。
（2）イアソンが金の羊毛を捜しにヘルクレースと共にテッサリアを発った時に、彼らは偶然にトロイアに上陸したが、トロイアの王ラオメドンに冷遇されて無礼にも立ち去るよう要求された。ヘルクレースは歓待の風習に背くこの傲慢さのために、三年以内に復讐を誓った。彼はギリシア軍を召集して、ペレウス王の指揮の下にトロイアを破滅させたと言われる。
（3）アッティカ付近のアエアギナ島の王アエアコスの息子でアルゴ船の乗組員の一人。
（4）ミュケナエの王でトロイア戦争のギリシア軍の総大将。帰国後に妻に殺された。
（5）トロイアの王ラオメドンの娘で、高名なプリアモスの姉妹。
（6）トロイアの王プリアモスとヘクバの息子で、スパルタ王メネラオスの妃ヘレネを略奪してトロイア戦争の原因を作った。別名アレクサンドロスとも言われる。
（7）トロイアの王プリアモスとヘクバの息子で、トロイア軍の最も勇敢な将軍。彼はギリシア軍の勇士アキレスに殺された。また彼の妻はアンドロマケである。

LXXXII

湖のランチャロット(1)を愛したがため亡くなられたスカロット（シャロット）の乙女(2)について語る

家柄の良い家臣に一人の娘がおり、それはもう湖のランチャロット（ランスロット）の事を愛していた。けれども彼の方は愛のおこぼれは与えたくなかった。というのもすでに王妃ギネヴラ（グィネヴィア）に与えてしまっていたからだ。その娘はこのランチャロットを愛するあまり死んでしまった。生前、彼女は、自分の魂が肉体を離れる時には深紅の織物をかけた立派な小舟を用意するよう命じていた。その中には豪華な寝台《ベッド》を備え、絹製のこれまた上等なシーツを敷き、貴重な宝石で飾るようにとのことだった。また遺体をそのベッドに安置してほしいが、その時には最も上等な服を着せ、頭には金やその他高価な宝石が散りばめられた美しい冠を載せ、豪奢な帯や鞄も入れるようにとのことだった。この鞄の中には一通の手紙が入っていた。それは次にいうような内容のものであった。しかし、手紙の前に、まずもってことの次第についてお話ししよう。

その少女は恋煩いで死んでしまったのだが、彼女の言いつけ通りに実行された。小舟は、帆をつけることなく、その少女を乗せて海に浮かべられた。海は小舟をキャメロット(3)まで導いていった。そして岸にたどり着いた。大きな声が宮廷中に響き渡り、騎士や男爵連中が宮殿より駆け下りてきた。そして高貴なる王アーサーもそこへやってきて、小舟に船頭の一人もいないことに大いに驚いた。王が小舟の中に入ってみると、乙女とその装飾の品々が見えた。彼は彼女の鞄を開けさせると、彼らは例の手紙を見つけ、その手紙を読ませた。それによると、「円卓の騎士皆々さまに対し、シャロットの乙女がご挨拶申し上げます。あなた方はこの世で最上の方々であらせられるからです。さらに、皆様が、わたくしがこのような最期に至った理由をお知りになりたいとあれば、それはこの世で最高の騎士で、最も残酷なお方、わが湖のランチャロット殿の所為《せい》にございます。あの方の愛顧を得るにはどのように哀願すれば良いかわかりません。この様な訳なのです。ああ、何たることでしょうか。わたくしは深く愛するが故に死に至ったのです。それが皆様がたには明らかでありましょう」と。

（1）第二十八話（XXVIII）の注（2）を参照。
（2）シャロットの乙女の死に関する最初期の言及。トーマス・マロリーの作品に収められている物語とは細かい部分で異なっている。*La mort le roi Artus* を参照（The Vulgate Version of the Arthurian Romances）。
（3）アーサー王の宮廷がある空想上の場所。

LXXXIII

キリストがある日弟子らと木の生い茂った場所を歩いていると、じつに貴重な宝を見つけた経緯について

キリストがある日彼の弟子らと人跡未踏の森林地帯を歩いていると、そこに背後から来た弟子らが純金の板金から反射する光を見た。それで、彼らはキリストに呼びかけたが、彼は立ち止まらなかったので驚いた。すると、彼らは彼に向ってこう言った。「主よ、この黄金を持って行きましょう、われわれの大きな窮乏を癒やしてくれます。」すると、キリストは振り向き、彼らを叱責しこう言った。「君らはわれらの王国からじつに多くの魂を追い遣った物を望んでいる。そして、これが真実であることを、帰り道に君らはその証拠の声を耳にするであろう。」こうして、彼らは先へ歩いて行った。暫くして、二人の親しい仲間がその黄金を発見して、彼らは大いに喜んだ。そして、二人は合意して、一人はラバを引いて来るため近くの町へ行き、もう一人は見張りをするためその場に居残ることになった。しかし、さてその後に起こった悪行と、悪魔が彼らに与えた邪念を聞くがよい。その男はラバを引き連れて戻って来て、彼の仲間へこう言った。「儂《わし》は町で食べて来たが、君は空腹に相違ない。これら大変美味しい二個のパンを食べなよ。その後でラバに荷を積もう。」相手が答えてこう言った。「俺は今あまり食欲がないので、先ずラバに荷を積んでしまおう。」こうして、彼らはラバに荷を積み始めた。そして、彼らが荷積みを終わろうとしたときに、ラバを連れに行った男が積み荷を

縛るため身体を屈《かが》めると、相方は裏切って背後から鋭い小刀を持って彼に走り寄って、仲間を刺し殺した。それから、彼は例のパン一個を取ってそれをラバに与えて、彼はもう一個のパンを自分が食べた。それらのパンは毒が盛られていた。その場から移動する前に、彼とラバは倒れて死んだ。こうして、黄金は今まで通りのままに保って置かれた。われらが主は弟子らと共に指定した同じ日にその場を通りすがって、主が話されていたその証拠を弟子らに示された。

LXXXIV

エッツォリーノ殿(1)が大祝宴を宣言させた様子

ある時、エッツォリーノ・ロマーノ殿は大きな慈善の宴を催したいと、領地の隅々まで喧伝し招待をした。そして全ての貧しい人々も、男女を問わずである。そしてある日、彼の畑に来るように言われ、新しい衣服とたくさんの食べ物が与えられるとのことだった。その知らせは広がり、至る所へ伝わった。集合の日が来ると、彼の執事が人々の間を着る物や食べるものを持って動き回った。そして一人一人、着ているものと靴を脱がせ、彼らが完全に裸になると、皆は新しい着物を着せらせ、食べるものを与えられた。人々は自分たちのボロ着を返して欲しかったが、それらは何の価値もないと見なし、エッツォリーノはそれらを一箇所に積み上げて火を放った。その後、彼は灰の中から大量の金銀を見つけた、それは彼が施しに使った以上の価値であった。その後、神の御名においてそれらを分け与えた。またエッツォリーノが生きていた時代に、近くの小作農がサクランボを盗んだ罪で訴えられたことがあった。被告人はエッツォリーノの前に出てこう言った「そんなことができるかどうか、お知りになりたければ、人を遣わしてくださいませ。サクランボの木は棘でしっかりと囲まれているのですから」。それを聞き、エッツォリーノ殿はこれを言われた通り実行に移すと、訴えた方にその代金を支払わせた。というのも彼は自分の主君よりも棘の方を信じていたのだからということであった。そしてもう一方の男は無罪放免となった。

彼の独裁を恐れて、ある（老）女がエッツォリーノ殿のところへ胡桃一袋を持ってやってきた。それはその土地では珍しいものだった。彼女はできる限り粧《めか》しこんで、騎士たちといるエッツォリーノのいる場所に到着し、このように言った「殿、神のお許しにてあなた様がご長命ならんことを」と。するとエッツォリーノは疑わしく思いこう返した「なぜそのようなことを申すか」。彼女は答えて曰く「もしそのようになりますれば、私たちは長く安らかで入られますゆえ」と。それを耳にすると、彼は笑い、膝まで隠れる綺麗なスカートを彼女に身につけさせた。それを捲り上げさせると、木の実をすべて部屋にばら撒き、女に一つ一つ再び拾わせて袋に戻させた。その後、彼女に大いに褒美を与えたということだ。

ロンバルディアとマルケでは「鍋《ペントレ》」のことを「どろ《オレ》」と言っていた。ある日、エッツォリーノの召使が鍋職人を保証金のために捕まえて彼を判事の前に差し出した。エッツォリーノ殿は判事のいる部屋にいて、こう言った「こいつは誰じゃ？」。一人が答えて「殿、鍋職人《どろ》でございます」と。「絞首刑に処せ」「なんと、殿、奴が鍋職人《どろ》だからでございますか？」と。「絞首刑に処せと言っておるのだ」「しかし、殿、私どもは鍋職人《どろ》と言ったのですが」「だから絞首刑にせよと言っておろうに」[2]。その時、判事は事の次第が飲み込めて、彼の誤解を解いたのであるが、すでに時遅し。三度も口にしてしまったので、絞首刑にするしかなかった。

彼がいかに畏れられているのかをお話しするには、あまりに時間がかかりすぎるであろうが、それは皆の知るところである。さて、ある日このことでこのような記録がある。彼が皇帝陛下と臣下と馬乗りをしている時のことだった。二人はどちらが最も美しい剣を外套の下に忍ばせているかという言い合いを始めた。皇帝は鞘から剣を抜いたが、それは息を飲むほど金や宝石で装飾されていた。それを見てエッツォリーノ殿は言った「これは大したものですなあ。けれどもわたくしのも負けてはおりませぬぞ」と。そう言うと、彼も剣を抜いて見せた。その瞬間、彼と共にいた六百人の騎士が自分たちの剣に手をかけた。皇帝はその剣を目の当たりにすると、エッツォリーノの剣の方が優れていると言った。

その後エッツォリーノ殿はカッサーノという場所で行われていた戦いに巻き込まれ、陣屋の支柱に頭をひどく打ちつけ、そこで捕えられ縛られて、最後には自害した。(3)

（1）この話はエッツォリーノ三世（Ezzolino III da Romano）についての六つの逸話が合わさってできている。中世、エッツォリーノはその残忍さ、凶暴さで知られていた。サリンベネの『年代記』には彼の名が二十八回も現れるが『ノヴェッリーノ』に見られるような記述は見当たらない。

（2）原語 un olaro はエッツォリーノによって uno la[d]ro「泥棒」という意味の語と誤解されているという設定。言葉遊び。

（3）エッツォリーノはギベリン党員、フェデリコ二世の臣下になったと伝えられている。

LXXXV

ジェノヴァ(1)で時折り起こった大飢饉について

ジェノヴァにかつて大飢饉があった。そして、そこには他のどんな地方より多くの悲惨な人々がいつも発見された。彼らは船と船頭を連れ出して、彼らに賃金を払って、すべての貧乏人らは海岸へ行き、そうすればコムーネ（市）からパンを受け取れるという布告をするように命令した。じつに多くの人々がやって来て、信じられないほどであった。これは必要でなかった多くの人々がそのように偽ったからである。すると、役人らは次のように言った。「これらすべての人々を識別することが出来なかった。よって、市民らはこの船に乗って、外国人らは別の船に乗ります。そして、女性らと子供らはもう一艘の船に乗ります。こうして、すべての人々が乗船します。」水夫らは急いで櫂を海水に浸して、彼サルデーニャ島へと運んだ。そして、豊かな富のあるところに彼らを置き去りにして、ジェノヴァでは飢饉が終わった。

（1）この話は史実に基づくとされる。一一七一年に、ロンバルディア人らはジェノヴァへの穀物の出荷反対封鎖を制定すると、その結果恐怖の大飢饉が起こったと言われる。

LXXXVI

過分に与えられたある男の話

あるところに、それは男性的にたくましいナニを下げた男がおりました。彼のほど大きなモノを誰も見たことはありませんでした。さて、ある日、ある売春婦とともに過ごしていたことがありました。彼女はさして若くはありませんでしたが、裕福で家柄が立派で、多くの男を見、経験したのでした。二人が部屋に入ると、彼はイチモツを見せた。彼女は大いに歓び、笑みを浮かべた。すると彼は言った「コレ、どう思う?」と。彼女はこのように答えた［・・・・・］(1)

(1) 写本、印刷本とも売春婦の返答の部分が欠損している。大方の見方としては、明らかに猥褻なセリフが続くというものである。

LXXXVII

ある男が告解に行くと

ある男が教区司祭のところに告解に行きました。そして何だかんだ話しているうちにこう言いました。「私には義理の姉がおりまして、私の兄は今遠くにおります。私が家に戻るととっても親しい感じで、私の膝の上に乗るんですよ。どうしたらよろしいでしょうか。」

司祭が答えて言いました。「もしわたしにそうしてくれたならば、彼女にたんまりお支払いすることでしょうなあ。」

LXXXVIII

ここではマントヴァのカッフェリの城主殿(1)について語られる

マントヴァ出身の城主殿がフィレンツェの執政長官であった間に、ペポ・アレマンニ殿(2)とカンテ・カポンサッキ殿(3)の間にじつに深刻な脅威となる口論が沸き起こった。そのとき、その執政長官はその争いを止めるため、彼ら二人を流罪に処した。司執政長官はペポ殿をある地域に追放し、カンテ殿は自分の大親友であったのでマントヴァへ追放して、自分の家族に彼の世話に託した。すると、カンテ殿はその妻と寝ることで、執政長官のかかる親切に報いたのである。

(1) この人物は十三世紀のフィレンツェの執政長官と特定される。
(2) 不詳。
(3) ダンテによると、この人物は最も著名なフィレンツェの家系の一つで、十二世紀にフィレンツェのコムーネを勃興させた支配階級の出自であるとされる。

LXXXIX

終わる見込みのない物語を始めた吟遊詩人についてここで語る

騎士の一団が、ある晩、フィレンッツェにある立派な屋敷で食卓を囲んでいた。そこに吟遊詩人がいたが、彼はたいした物語師だった。騎士らの食事が終わると、彼は終わりそうにない話を始めた。そこに仕えている小姓がいたけれども、おそらく満腹にはなっていなかった様子で、詩人を名指しで呼んでこう言った「この物語を講釈しているその彼は、その全てをみなさんにお話ししてはいませんよ」と。すると彼は答えた「なぜでしょうか。」別の者が答えた「オチをお話になったらいかがでしょうか」と。それで、その男は恥じ入って、話をやめた[1]。

（1）*Libro di motti*, cit., n. 6 にほとんど同じやりとりがある。ボッカッチョ『デカメロン』（第六日第一話「貴婦人《マドンナ》オレッタ」にも見られる。

XC　ここではフェデリコ皇帝[1]が彼の鷹の一匹を殺した顚末が語られる

かつて、フェデリゴ皇帝は鷹狩りに行った。そして、彼は一つの街全体より愛おしく思った立派な一匹の鷹を持っていた。彼は鷹を空高く飛んでいた鶴を目掛けて放した。すると、隼《はやぶさ》がその鶴より遥かな高処《たかみ》にいた。隼は眼下に若い鷹を見つけた。隼はその鷹を大地に撃ち落として、死ぬまで強く押さえ込んでいた。皇帝は鶴と思ってその場へ走って行った。すると、ことの次第を知った。皇帝は激怒して彼の死刑執行人を呼び、彼の主人である鷲[2]が死んでしまったので、その隼の頭を切断するよう命令した。

（1）第二十二話（XXII）の注（1）参照。
（2）その鷲は鳥の女王であったためである。

XCI

ある男が司祭に告解をした次第

ある男が司祭に告解をしたのだが、ある時、多くの輩とある家に押し入ったことがあるとのことで、このように話した「金庫の中に百フローリン銀貨[1]を探していたのです。ところが、その中は空でした。ですから、わたしは罪を犯してはいないと思うのですが」と。司祭は答えた「確かに、あなたは罪を犯しましたぞ。金貨を手に入れたのと同様に。」男はひどく悩んだ様子でこう口にした「後生です。わたしに罪の赦しを！」司祭は答えた「わたくしは、あなたを赦免することはできません、それを返還しないのであれば」と。男は答えた「喜んでいたしますが、誰に対して返せば良いのかわかりません。」司祭は答えた「銀貨をわたしのところに持ってきなさい。神に代わってよしなに処分しましょう」と。男は約束をして立ち去った。そのようなわけでとても親しみを得たので、司祭のところへ翌朝も訪ねて行き、彼とあれやこれや話していると、見事なチョウザメが送られてきたので、正餐《デジナーレ》にそれを贈りたいというのであった。司祭は彼に大いに感謝した。男は帰って行ったが、司祭にチョウザメを送ることはしなかった。それから次の日、男は陽気な顔をして司祭のところに戻ってきた。司祭は言った「随分とお待ちしていたのですがね。」男は言った「ああ、あれを貰えるとお思いでしたか」「もちろんですとも」「で、まだお手元にはありませんか。」「まだです。」「では、それはあなたがあたかも持っていたのと同じではありませんか。」

（1）フィレンツェで一二世紀に鋳造されていた銀貨。

XCII

うまそうなパイを作った女房《おかみ》の話

一人の女房がおりました。彼女はうまそうなうなぎパイをこしらえまして、食糧庫にそれをしまっておきました。すると匂いにつられて一匹のネズミが扉から入っていくのが見えました。彼女はネコを呼んで、ネズミを捕まえるように庫の中に入れました。ネズミは小麦粉のあいだに身をひそめているると、ネコがパイを食べてしまいました。女房が扉を開けると、ネズミが飛び出てきました。ネコは腹がいっぱいでネズミを捕まえませんでしたので。

XCIII

告解に出かけた農夫の話

ある日、一人の農夫が告解に出かけ、聖水に手を浸していると、畑で働いている司祭の姿を目にしました。彼に向って呼びかけていうには「司祭様、告解をしたいのですが。」司祭は答えて「お前さんは昨年告解したのかい?」と。農夫はこのように答えました「へえ、いたしましたで」「じゃあ、一ダナイオを賽銭箱に入れておきなさい。どうせ去年と同じなんだろう。」

XCIV

ここではメギツネとラバ（1）について語られる

メギツネが森を歩いていくと、かつて一度も見たことのないようなラバに出会った。彼女は大いに恐れて逃げ去った。こうして逃げていると、彼女は狼に会った。そして、メキツネはじつに不思議な、名前さえ知らない獣に会った経緯《いきさつ》をオオカミに話した。狼は「そこへ戻って行こう」と言った。彼らはラバのところへやって来た。オオカミにとっても、それはじつに珍しいものであった。オオカミはそのラバに名前を尋ねた。ラバは答えた。「ボクはよく覚えていないが、もしキミが字を読めるなら、ボクはそれを後ろの右足に書いてあるよ。」メギツネは答えた。「おやまあ！　ワタシは字が読めないわ、それを本当に学びたいと思うの。」オオカミは答えた。「オレにまかせろよ。じつによく文字を知っているから。」すると、ラバは後ろの足釘が文字のように見える右足をオオカミに見せた。オオカミが言った。「ワシにはそれらがよく見えねいのだ。」ラバが答えた。「もっと近寄ってくだされ、その文字は大変小さいから。」オオカミは身を屈《かが》んでじっと見つめた。ロバは足を引っ込めて、オオカミに強力な蹴りを見舞うと、そのオオカミは死んでしまった。すると、メギツネは走り去って言った。「文字を知っている者が誰でも賢いわけじゃないのだね。」

（1）イソップ寓話的な話だがその中にはなく、むしろ『狐物語』*Roman de Renard*の枝篇に似た挿話があるそうである。

XCV

町に出かけた田舎者の話

ある田舎出の無教養な男が胴衣《ファルセット》を買いにフィレンツェにやってきた。ある店で店主はどこかと尋ねた。しかし、彼はそこにはいなかったのだが、見習いの少年が言った「わたくしが店主でございます。何を差し上げましょうか」と。「胴衣を一着おねげえしますだ」見習いは一着みつくろって、男に合わせてみた。彼らは値段の相談をした。しかし男は好《い》い値の四分の一しか持ち合わせがなかった。その見習いは、胴衣を整えるふりをして、男のシャツと胴衣を縫い合わせてしまい、こう言った「お脱ぎください。」男はそれを脱いだ。すると彼は裸になってしまった。別の見習いたちは皮ひもを手に持って待ち構えていて、男を町中叩いて回ったということだ。

XCVI

サン・ジョルジョ(1)のビート(2)とフルッリ・ディ・フィレンツェ氏(3)の話

ビートはフィレンツェ人で気の利いた宮廷人《ジョングルール》、アルノー川の向こう岸《オルトラルノー》のサン・ジョルジョの山手に住んでおりました。またある老人がおりました。フルッリ氏という名で、サン・ジョルジョの山手にそれは美しい農園を所有しておりました。そのためほぼ一年中、使用人たちとそこに住んでいました。そして毎朝小間使いをポンテ・ヴェッキオ広場(4)に果物や野菜を売りに遣っておりました。彼は吝嗇《ケチ》で疑り深かったので、自分で野菜を束ね、小間使いの前で数え、得られるであろうものを計算していたのです。小間使いの娘に特に念を押したのは、サン・ジョルジョに絶対にとどまってはいけないということでした。というのもそこの女たちは泥棒でしたので。ある朝、先ほどの小間使いがキャベツの入った大きなかごをもって歩いておりました。ビートは、すこし何をするか考えていましたが、毛皮の裏地のついた高価な外套《マント》をはおり、ベンチから立ち上がり外に出て、その小間使いを呼び止めました。するとすぐに彼のほうにやってきました。その前に多くの女が彼女に声をかけましたが、そこにはいかないようにしたのでした。「お嬢ちゃん、キャベツはいくらだね。」

「二つで一ソルドでございます、旦那様。」「そうか、いい値段だ。でも二つはいらない。わたしと小間使いの娘しかおらんからな。使用人はみな田舎にいるのでね、わたしには一つで十分だし、何といっても新鮮なのがいいからな。」

当時、フィレンツェでは「メダリア」というお金が使われており、二メダリアで一ソルドに相当するものでした。そこでビートはこう言いました「ではキャベツを一つもらおう。一ソルドをよこしなさい。それで一メダリアをあげるから。今度来るときにもう一つキャベツをおくれ」と。彼女には彼の言っていることが正しいように思えたので、その様にいたしました。それから彼女は残りのキャベツを主人《あるじ》が言った値段で売りました。家に着くとフルッリ氏にお金を手渡しました。主人は何度も何度も数え直しましたが、どうしても一ソルド足りなかったのです。そのことを小間使いに彼が告げると、彼女はこう答えました。「そんなはずはございません。」彼は怒って、サン・ジョルジョで立ち止まったのかと尋ねました。彼女は否定しようとしましたが、しつこく聞かれたので、彼女は言いました「左様でございます。とても立派な旦那様のところに立ち寄りました。けれどもきっちりとお支払いになりました。それにもう一つキャベツを渡すように仰いました」。フルッリ氏は答えました「そうしたら一ソルド半足りないことになるではないか」と。このことを考えてみると、騙されたことに気付き、小間使いに悪口雑言を浴びせ、その者の住処を彼女に尋ねました。彼女は主人にきちんと説明しました。すると彼はそれがビートだとわかったのでした。悪ふざけをこれまでに何度もやっていましたから。怒り心頭で翌朝早く起き出して、錆びた剣を毛皮の下に忍ばせてヴェッキオ橋のたもとまでやってきました。そこで立派な人びとともに座っているビートを見つけたのです。もし誰かが腕のところをつかんでいなかったならば、フルッリ氏はこの剣を高く上げ、彼に怪我を負わせていたことでしょう。動揺した人びとはまた同じようなことが起こるのではないかと気絶せんばかりでした。

ビートはいたく恐ろしくなったけれども、暫くすると正気を取り戻して、笑い始めました。フルッリ氏を取り巻いていた人びとは、いったい何だったのかと彼に訊ねた。彼は人びとに語ろうとしたのだけれど、あまりに動揺していたのでほとんど話すことができませんでした。ビートは人びとを鎮めてこういいました「フルッリさん、わたしはあんたと仲直りしたい。もう言い合いはたくさんだ。わたしの一ソルドを返して、あんたのメダリアを受け取ってくれ。それに神の呪いがかかったキャベツを持って行ってくれ。」フルッリ氏は答えました「それならいいでしょう。最初にそうやってあんたが言っていたら、こんなことは起こらなかったろうに」と。またもやおふざけに気づかず、一ソルドを渡し、一メダリアを受け取り、そして満足して去っていきました。人びとはかつてないほど大笑いしましたとさ。

(1) ボルゴ・サン・ジョルジョ Borgo San Giorgio のことかも知れない。
(2) ビート (Bito) 不詳。
(3) フルッリ (Ser Frulli) 不詳。
(4) 実際に「ポンテ・ヴェッキオ広場」という名の広場は存在しないが、原著者(ら)はあるいはポンテ・ヴェッキオ(古い橋)そのものを指したのかもしれない。

XCVII

ある商人が海の彼方へ二枚の桶板で区切った樽でワインを運ぶ顛末が語られる

ある商人が海の彼方へ二枚の桶板で区切った樽でワインを運んだ。上と下の区画にはワインが入っていて、真ん中には水が一杯入っていたので、半分はワインで、半分は水であった。上と下には栓があったが、真ん中にはなかった。彼は水をワイン代わりに売って、全報酬として二倍のお金を儲けた。そして、直ちにその金額を払って貰うと、彼はこの金を持って彼の船に乗り込んだ。すると、主なる神の裁定により、一匹の大きな猿(1)が船の中に現れて、この金の入った小さな袋を奪って帆柱の天辺(2)に登った。その商人は、猿がその巾着袋を海へ投げ込むのを恐れて、猿を宥めようと努めた。その猿は座って、口でその袋の結び目をほどいて、金貨を一枚ずつ取り出した。その猿は一枚を海の中へ投げ込み、もう一枚を船の上へ落ちるに任していた。猿はこれを繰り返して、その金《かね》が船の上に半分になるまで続けた。その額はその商人が稼ぐべきはずの金額であった。

---

(1) 中世の動物寓話で猿は人間の行動を真似る動物として描かれる。従って、この商人が顧客に彼らが払った代金の半分しか与えなかったように、猿も盗んだ金銭の半分しか返さない訳となる。

(2) 「帆柱《マスト》」の意味でイタリア語の原語では「木」‘albero’を使っているが、これは「帆柱が木製で一本の木のように高いのを暗示している。

XCVIII

帽子を仕入れた商人について語る

ある商人が帽子を運んでいたところ、それらを濡らしてしまったので干さなければなりませんでした。するとサルの大群が現れ、それぞれ頭にひとつずつ帽子をのせると木々のうえに逃げて行ってしまいました。これに商人は腹を立てまして、引き返して今度は靴を仕入れた。それでサルを捕えて、その後ずいぶんと稼いだとさ。[1]

（1）この話は、人間の行動を真似ようとするサルの習性を扱った中世動物寓話《フィジオログス》に見られる挿話に基づいている（Cf. *Libro della natura degli animali* ʻdella natura de la scimiaʼ *Prosa del duecento*）。

XCIX

ある愛の美しい話

あるフィレンツェに住む若者が家柄の良い娘に燃えるような恋をしておりました。彼女の方は彼を全く愛してはおらず、別の若者のことをそれはたいそう愛しておりました。この若者も彼女のことをとても愛しておりましたが、ひとり目の若者ほどではありませんでした。そのことは明らかでした。他のことは一切手がつかず、自分のことがわからなくなってしまった者のようにやつれきってしまい、とりわけ彼女に会えない日はそうでした。彼の友人のひとりは、そのことを残念に思っておりました。それで彼をとある美しい田舎に連れて行き、彼らはそこに半月ほど静養することにした。

この間、例の娘はその母親とのことで悩んでおりました。下女を遣って、愛する彼と逃避する用意があると伝えさせました。彼は天にも昇る気持ちでした。下女は言いました「お嬢さまは真夜中になりましたら、あなた様が馬に乗っておいでになるのをお望みです。お嬢様は地下室に降りて行く振りをいたします。あなた様は出口のところでご準備なさっていてください。そうしましたら、お嬢様は馬の背に飛び乗る手はずとなっております。お嬢様は軽くていらっしゃいますし、乗馬をよく心得ていらっしゃいます」と。彼は答えました「よろしゅうございます」と。このように手はずを整えると、彼は自宅ですっかり準備を済ませ、馬に乗った仲間を伴って、彼らを市門のところで待たせておきました。門が閉められてしまわぬようにです。それから毛並みの良い大きな馬に跨り家を出ました。彼女の方はその時、まだ出てくることができませんでした。というのも、母親の監視が厳しかったからでした。それで、彼は仲間のところへ戻ってしまったのです。

さて、やつれ果てていた若者の方は田舎でも安らぎを見出すことができず、馬に跨りました。そのため彼の友人は、彼に留まってくれるにはどう頼んだらよいか分からず、ついて行く気にはなりませんでした。その晩、街の壁の所に到着しました。門はすべて閉ざされていましたが、一回りして、先ほどの彼らのいる門に偶然たどり着きました。彼は中に入りました。彼は彼女の館の方に向かっていきましたが、それは彼女に会いに行くわけでも、一目見たかったわけでもなく、ただその場所が見たかっただけでした。彼女の家の前に立っていると、もう一方の若者はすでに行ってしまっていましたが、彼女は扉の錠を開けて彼に向かって馬を寄せるようにと囁きました。彼はすかさず馬を近づけました。すると彼女はサドルの上にぽんと飛び乗り、二人はその場を去って行きました。町の門に到着すると、もう一方の若者の仲間は二人のことは知らなかったので何の邪魔立てもしませんでした。というのも、仮にその若者が彼らの待っていた人であったならば、しばらくのその若者は彼らのもとに留まったでしょうから。十マイルも馬で駈って行くと、美しい原っぱに出ました。二人は馬を降りて、木に繋ぎ止めておきました。それから彼が彼女の唇に接吻《キス》をすると、彼女は若者の正体を知り、状況を理解したのです。彼女はひどく泣き始めましたが、彼は彼女を腕に抱いて慰めました。涙を流しながら彼女に対して大いに敬意を示したので、彼女は泣くのをやめ、彼に恋をしたのでした。幸運はこの若者の方にあるということを悟ったからでした。そして彼のことを抱擁しました。一方の若者はといえば、彼女の家の前を行ったり来たりしていましたが、彼女の両親が中で大騒ぎをしているのを耳にしました。それから何が起こったのかを下女から教えてもらい、彼は唖然となりました。仲間の元に戻り、彼らにそれを伝えると、彼らはこう言いました「彼らが通り過ぎていくのをこの目で見たぞ。けれど彼らだとは分からなかった。もうずいぶん時間が経つから、かなり遠くへ行ってしまっただろう。こっちの方に行ったんだ」と。即座に仲間たちは二人の後を追いかけました。遠くまで来たところで、彼らは二人が腕にお互いを抱いて眠っているのを見つけた。彼らは二人をすでに登っていた月明かりで見たのでした。邪魔するのも野暮だと思い、こう言いました「起きるまで待っていてやろう。それからやるべきことをしようじゃないか」と。しかし彼らはひどく待ちくたびれて眠りこけてしまいました。二人はこのような状況《さなか》で目を覚まし、その様子を飲み込みました。それに驚いて、若者は言いました「この人たちは僕らに良くしてくれたのだから、僕らがこの人たちを怒らせたりしたらバチが当たるよ。」そういうと、彼は馬に跨り、彼女はもう一頭の駿馬に飛び乗ると、行ってしまいました。追手の者が目を覚ますと、もはや追いかけても無駄であると分かり、それはひどく落胆したということでした。

C　フェデリコ帝[1]がヴェッキオ[2]を訪ねた次第

皇帝フェデリコはかつてヴェッキオ・デッラ・モンターニャのところまで行き、大変な歓待を受けました。ヴェッキオはいかに畏敬《おそれ》られているかを皇帝に示そうと思いました。上に目をやると、塔のうえに彼の二人のハサシン[3]が見えました。彼は立派な髭をなで、その合図でその二人は下に身を投げすぐに死んでしまったのです。

皇帝は妻のことを試そうとしました。というのもある男爵が彼女といい仲になっていると噂されていたからです。ある晩、皇帝は起きだして彼女の元へ向かい部屋へ入っていきました。すると彼女はこういったのです「もう一度なの？　いましがたここにいたばかりじゃない」と。[4]

（1）フェデリコ二世のことであると考えられる。
（2）Rashid al-Din Sinan または Shaikh al-Djabal または「山の長老」として知られる十二世紀後半のシリアのイスマイル派の長老。
（3）Assassini　ハサシンまたはアサシン。のちに暗殺教団と呼ばれるようになる。
（4）最後の場面は『デカメロン』（第三日第二話）「馬の世話人の話」として有名。

解題

ここに『中世イタリア民間説話集』として訳出した物語・説話集は、もともと十三世紀末のトスカーナで様々な素材から集められて纏められたものである。

i．作者・編者について

作者は一人であったのか、あるいは複数であったのかは判然としない。また、作者が編者であったのか、作者と編者が別であったということについてもわかっていない。ただ現存する作品から、わずかながら作者の輪郭を――かなり漠然としてはいるが――描くことができる。作者はもともとフィレンツェの人で、聖職につくものではなく、俗人であったと推察される。フェデリコ帝（二世）がよく登場し、彼のソネットを引用している箇所があることから、作者はギベリン党に属する人であったと考える者もいるが、同時にサラディンあるいは英国のリチャード獅子心王《ライオン・ハート》に対する扱いを見ても、ことさら悪いこともなく、各話の標題通りのことを求めていた作者を想定する方が無難かもしれない。

ⅱ．写本・刊本について

『ノヴェッリーノ』の現存する写本は7つ、刊本が一冊あるが、原本は残っていない。ただし残されている話数は写本ごとに大きく異なる。一〇〇話収録しているものは一五二三年に写されたBiblioteca Apostolica Vaticana 3214（V写本）とカルロ・グアルテルッツィ（Carlo Gualteruzzi）編集による一五二五年刊の editio priceps のみである。Editio princeps の順序通りに話が並んでいるのは(1) Palatino 566（A写本：十四世紀前半、四十二話収録）、(2) Gaddiano rel. 193（G写本：一三一五年以降、三十話収録）、(3) Magliabechiano-Strozziano, class XXV, n. 513（十四世紀後期～十五世紀初頭、五十三話収録）、(4) Codex Pluto 90 sup. 89（L写本：十五世紀終盤、二話収録）、(5) Panciatichiano-Palatino 32, section II, 138（P2写本：十四世紀中葉、二十七話収録）である。異なる順序で話が並んでいるのは Panciatichiano-Palatino 32, section I, 138（P1写本：十三世紀後半～十四世紀初頭、八十五話収録）の一写本のみである。一〇〇話収録の初の刊本 editio princeps にはおそらく人文主義者ピエトロ・ベンボ（Pietro Bembo）が深く関わっていると思われる。彼は俗語の研究に専念していたことで知られているが、イタリア語で書かれた作品の重要性に気づき、一五二三年にジュリオ・カミッロ・デル・ミニオ（Giuliio Camillo del Minio）に依頼して写本を作らせた。これが Vaticana 3214写本である。刊本の編者グアルテルッツィとベンボは知り合いで、ベンボのラテン語による著述を翻訳したこともあり、この話集のことを彼から聞いていたのかもしれない。もう一人の人文主義者ジョヴァンニ・デッラ・カーザ（Giovanni Della Casa）は実際、グアルテルッツィの計画を励ますだけでなく、経済的な面からも援助を惜しまなかった。

我々が現在用いている本書の名称 *il Novellino* は、デッラ・カーザがグアルテルッツィに送った手紙に初めて見られる。

iii．内容・素材について

すべての話は虚実織り混ざっており、登場人物は皇帝（フェデリコ帝：多くの場合はホーエンシュタウフェン朝のフェデリコ二世のことと思われる）に始まり、聖職者、騎士、商人、庶民、農民に至るまで多岐にわたる。『ノヴェッリーノ』がそれまでの物語《ナラティヴ》と異なる点は、それ以前の文学的伝統においては触れられることのなかった一般大衆を主人公に据えていることである。歴史的に著名な人物が多数出てきても、彼らの偉業や戦争での功績、勝利、栄華の頂点などに焦点を当てず、歴史的事件の合間合間のふとした瞬間に起こる出来事を切り取った形で話は進められる。たとえば、十字軍との戦いの最中、サラディンは停戦をして、敵であるキリスト教徒がどのように食事をするのかを見てみたくなる。彼らのもてなしには感銘を受けず、今度はサラディンがキリスト教徒らを食事に招くが、そこで彼らは十字の刺繍が施されているカーペットに唾を吐きかけるという非礼・無作法を露呈してしまう話（XXV）があったり、ある日、猟に出たフェデリコ二世は喉の渇きを覚え、自分の正体を明かさずに、戸外で食事をしている平民にワインをくれと頼む。頼まれた方は自分の汚れていない杯を貸すのを拒んだが、フェデリコは口をつけずに使うと約束をして杯を使わせてくれるよう頼む。しかしフェデリコはそれを返すどころか、杯を持って馬に跨り行ってしまい、その平民がこの盗みを働く悪者を追っていくと、皇帝に出くわす。後者は大いにこの出来事を楽しんでいる。その率直さに対する褒美として寛大な贈り物をもらって平民はそこを去るというエピソード（XXIII）などが挙げられる。登場人物もさることながら、話に用いられた素材も広汎に及んでいる。聖書、古典作品、宮廷文学、教訓文学、フランスのファブリオーなどにその原典を求めることができる。その出所は地理的にいっても、ヨーロッパから中東にまで広がっている。これも当時商取引が盛んであったコスモポリス、フィレンツェならではであろう。

ホール（Joan Hall）は百話を以下のように分類している。すなわち、一〜十話「真実、正義」、十一〜二〇話「寛大さ」、二一〜三〇話「悪徳と美徳の表出」、三一〜四〇話「曖昧さ、啓蒙、誤解」、四一〜五〇話「ごまかし、幻想」、五一〜六〇話「露見、小細工」、六一〜七〇話「逆転、策略」、七一〜八〇話「失敗、不運、喪失、非難」、八一〜九〇話「貪欲、非現実的な期待」、そして九一〜一〇〇話「逆転、欲求不満」である。この分類が実際どれほど的確にそれぞれの話を言い表しているかはさておき、多様な主題を示していることとまたそれらの多くがこれまでの詩の伝統に根ざしていないことは明らかである。通読してみると、ロマンスや詩の主たるモチーフになるような「愛」のテーマは意外にも驚くほど少ないことがわかるだろう。

iv．文体《スタイル》について

『ノヴェッリーノ』の文体《スタイル》は簡潔そのものである。統語の面においても複雑さは見られない。初期の批評家らによれば、この簡潔さは、話のあらすじを記すためのものとして機能していると考えられていた。しかしながら、後の研究では、『ノヴェッリーノ』の修辞構成は洗練され、計算されたものであり、意図的に短縮された結果であるとしている。それは『ノヴェッリーノ』の目的、すなわち「美しい言葉」や「立派な返答」といったクライマックスにいち早くたどり着くためである。また別の見方として、『ノヴェッリーノ』のような物語《ナラティヴ》が徐々に都市部の様々な階級および小作人の間に浸透し始めており、こう言った人々に与えられた自由にできる時間が減少しつつあることを示す、というものがある（Consoli, p. xix 参照）。ただ同じ意味の語句が繰り返し用いられることは、口承文学の伝統を想起させるし、テンポの良い直接話法が自由に用いられているところなどは、むしろ劇的ですらある。簡潔な文体には歴史的背景、補足的説明はもとより、細かな心理描写などが省かれているのは、先に述べた理由によるのだろう。

v．影響とその重要性について

後世への影響は明らかにボッカッチョ『デカメロン』の語りに見て取ることができる。直接話法を多用する手法は確実に受け継がれている。現に『ノヴェッリーノ』に用いられている素材はたびたびボッカッチョもその著に取り入れているほどである。それまでの文学が大体においてラテン語やその他の「高雅な」言語の翻訳《ヴォルガリッザメント》であったのに対し、おそらく『ノヴェッリーノ』の「目新しさ《ノヴェルティ》」は、俗語による語りの自由を獲得したという事実に帰することができるだろう。もちろん中世ラテン説教文学の伝統の影響を受けているのには違いないが、『ノヴェッリーノ』に収められた種々の作品における形式や話の選択は『ノヴェッリーノ』に固有のものである。また独自の美的基準は「ここでは素晴らしい判断が語られている」のごとく表題に表されていることがある。「ii．文体について」でも既に触れたが、テンポの良い直接話法を駆使してのユーモラスな掛け合いもまた他の同時代の作品とは一線を画すものである。

ダンテがその『俗語詩論』*De vulgari eloquentia*（第二巻、一節）で、セビリアのイシドルス（Isidorus Hispalensis）の『語源』*Etymologiae*（第一巻、三八章）に依拠して「どちらかというと散文作家は、詩文の作家からその俗語を学びとるのであり、詩の作品が散文作家の手本となっているように見受けられる。その逆ではないのだ（. . . quia ipsum prosaycantes ab avientibus magis accipiunt et quia quod avietum est prosaycantibus permanere videtur exemplar, et non e converso）」と言ったが、『ノヴェッリーノ』の獲得した俗語での自由闊達な表現形態を思うとき、それは拙速であったと言わざるをえない。実にダンテの『新生』*La vita nova* に代表される作品に用いられた韻文・散文混交の文学形態、いわゆるプロシメトルム prosimetrum が相互の形式で内容を補い合うようになったのも、散文の地位が韻文と同等になった証左でもあろう。『ノヴェッリーノ』は中世イタリア散文文学の旗手として新たな境地を開いたのみならず、さらなる発展を内包する堅固な基盤を提供したのである。

訳者あとがき

本書は作者不詳の総計百篇の短篇物語《ノヴェッラ》から成る中世イタリア民間説話集『イル・ノヴェッリーノ』*Il Novellino* の完訳である。翻訳の底本として *Il Novellino* a cura di Valeria Moucher, con introduzione di Lucia Battaglia Ricci, Biblioteca Universale Rizzoli, 2008 に依拠して、さらに Joseph P. Consoli (ed.& tr.) *The Novellino or One Hundred Ancient Tales*. An Edition and Translation based on the 1525 Gualteruzzi *editio princeps*. Garland Publishing,Inc., 1997. を適宜参照した。

本書『ノヴェッリーノ』は別名『古譚百話』(*Le Ciento Novelle Antike*) とも呼ばれるイタリアの民間説話集の一つで、単純素朴で簡明な口語体で書かれた百篇の短篇物語から成る短篇集であり、イタリア文学史の上で最古の独創性に富む小話集の一つとされる。しかし、その作者あるいは編者の名前は不詳であるが、神聖ローマ皇帝にしてシチリア王兼エルサレム王のフェデリゴ二世が多くの物語群に主人公として頻繁に登場することから、皇帝派《ギベリン》に属するフィレンツェ人とする説もある。さらに、本書の制作年代は一二八一年から一三〇〇年頃のいわゆる 'Duecento' に属する作品である。たしかに、この書よりも以前に編纂された同種の短篇集として、例えば『昔の騎士の物語集』*I conti di antichi cavalieri* や『七賢人の書』*Il libro dei sette savi*（いずれも十三世紀中葉頃）等が存在するけれども、これらはいずれも当時のラテン語やフランス語で書かれた種々の物語の紹介や模倣、またはその翻訳か翻案したものにすぎない。しかし、この『ノヴェッリーノ』はこうした外国の典籍からの影響を巧妙に吸収消化し、イタリア人読者（聴衆）層のために特別に編纂された最初の俗語による散文物語集と言われる。しかしながら、この作品はその独創性によって現在ではイタリア散文文学史上で紛れもない「正典」の地位を確保しているが、当初は広くイタリア語散文の規範とされたボッカッチョの大傑作『デカメロン』と対比されて、未熟で稚拙な作品と見做されて、その作成・編纂から二百年以上の間、不当にも過小に評価されてきたのである。しかし、後述するように、この『ノヴェッリーノ』は十個のテーマから成って、いわゆる「枠物語《コルニチェ》」の形式を取るという説もある。すると、本書は既に『デカメロン』に近い構成を持っていたことになろう。

本書の原物の写本は伝存しないが、断片を含めて収録される物語の数は著しく異なる八点の写本群が伝存する。これら八点の写本群のなかで、一五二五年にカルロ・グアルテルッツィがある写本から始めて校訂した「初版本」*editio princeps* と、その二年前の一五二三年にイタリア・ルネサンス期の詩人、人文主義者、ローマ・カトリックの枢機卿でもあったピエトロ・ベンボが自身のためジュリオ・カッミリッオ・デル・ミニオに筆写させた写本（この写本は現在 Cod.3214 としてヴァチカン図書館に所蔵されている）には全く同じ数の百話集が掲載されていることから、グアルテルッツィとベンボの二人が使用した写本は同一であった可能性が高いと推定される。

この人文主義者ピエトロ・ベンボ（一四七〇－一五四七）はフィレンツェを中心としたトスカーナ方言の美しさに心底から強く魅了されて、彼の著書『俗語の散文』*Prose della volgar lingua*（1525）のなかでボッカッチョの『デカメロン』の文章を近代イタリア語の規範として体系化することに大きく寄与した人物である。また、彼の初期の作品で、彼は三人の貴婦人と三人の貴公子らにいわゆる「宮廷風恋愛」を主題にして、新プラトン主義者の立場から愛を論じて推奨する『アーゾロの人びと「談論」）』*Ghi Asolani*（c.1497-1502）を著している。（仲谷満寿美氏の邦訳が二〇一三年に「ありな書房」から出版された。）しかるにその一方で、フェラーラ公アルフォンソ一世・デステの公妃で恋多き「魔性の女《ファム・ファタール》」の悪名高きルクレツィア・ボルジアと肉体的不倫関係を持ちながらも、二人の間に取り交わされた四十三通の往復書簡が「世界で最も美しい書簡集」として後世に遺されてもいる。

しかし、この人文主義者にして枢機卿のピエトロ・ベンボがイタリアの俗語文学研究に専念するなかで、この『ノヴェッリーノ』の古い写本に遭遇して、この俗語の短篇集の価値を最初に重要視して、一五二三年にこの物語集の写本を転写させたのは驚くに当たらないだろう。

こうして、その二年後の一五二五年に、ピエトロ・ベンボの親友で、彼のラテン語作品の翻訳者として彼に仕えたカルロ・グアルテルッツィが本書を『古譚百話』*Le Ciento Novelle Antike* の題名で校訂した「初版本」*editio princeps* をボローニャのベネデッティ社から出版した。

カルロ・グアルテルッツィの「初版本」である『古譚百話』の出版のために、財政面のみならずさまざまな援助を惜しまなかったのはペトラルカ風の六十四編の詩編を書いた同じく詩人で人文主義者であったジョヴァンニ・デッラ・カーザ（一五〇三－一五五六）その人であった。彼はカルロの「初版本」の出版に積極的に関わり、本書の題名を『古譚百話』*Le Ciento Novelle Antike* から今日知られる『イル・ノヴェッリーノ』*Il Novellino* と表題を変えたことでも知られる人物でもある。

　このようにして、この『ノヴェッリーノ』の作者・編纂者は俗語の散文文学の大きな目標を推進した。そして、イタリア文学の散文の伝統を大いに称揚して、このジャンルの散文を韻文（詩）と互いに補完し合うことを宣言して、俗語による散文を詩（韻文）の「姉妹芸術」として研究と風格のある生産に値することを一般大衆に知らしめたのである。その結果、韻文（詩）の主題は伝統的に「恋愛」審美学とその神秘性に焦点を当てる一方で、散文の主題は大幅に拡大して、恋愛以外の多くの人間感情や様々な徳目と赤裸々な欲心をも含むことになるのである。

　現代イタリアの文献学者、詩人、文芸批評家のグイド・ファヴァティやチェザーレ・セグレらと併称されるジョアン・ホール（Joan Hall）は学会誌 *Italian Studies*: Volume 39, Issue1, 1984 に掲載した論文「ノヴェッリーノの構造」'Organization of *The Novellino*' のなかで、曜日によって話のテーマが決められるボッカッチョの『デカメロン』の「枠物語《コルニチェ》」の構成と対比して、この『ノヴェッリーノ』の百話に各十話ずつに、十種類のテーマを分類している。（このテーマの分類の詳細については本書の解題を参照のこと。）

　これらの綿密なテーマの分類の当否は別にして、これらの主題の範疇は大部分が従来の韻文（詩）の伝統にはなかったものであり、極めて広範囲で多様性に富む主題を扱っていることがより注目するに値しよう。実際に、この『ノヴェッリーノ』の百話のなかで、「恋愛」が主題となる話は百話のなかで僅かに三話か四話にすぎない。

　この『ノヴェッリーノ』の典拠はじつに多岐にわたり、多様性に富んで地理的にもヨーロッパからオリエントに至る全世界にまたがり、じつに多様な言語とジャンルに依拠している。その主たるものは南仏プロヴァンスの騎士道ロマンスや吟遊詩人らの「古伝《ヴィダ》」、中世フランスの「短篇物語《ヌーヴェル》」、ラテン語訳聖書『ウルガータ』、古典古代ギリシア・ローマと東方《オリエント》の伝説や歴史的風聞、十字軍物語やアーサー王ロマンス等々が挙げられる。その上、この逸名の作家・編者自身による郷土イタリアの、ことにもフィレンツェに関係する当時の小噺集が多く盛り込まれている。したがって、本書の作者・編者の著作の意図は国内外の善と悪にまつわる長短の話を含めて散文の小話集の伝統を構築することにあったようである。

　本書の内容を見ると、前半の五十篇（I-L）の小話集のなかで、主たる歴史上の登場人物として「旧約聖書」のイスラエル王ダヴィデ（VI）とその息子賢者ソロモン王（VII）がいる。さらに古代の英雄的な王ではマケドニア王フィリップ二世（III）とその息子アレクサンダー大王（IV）が登場する。イングランド王ではヘンリー二世（XIX, XX）と十字軍でその勇名を馳せたリチャード獅子心王（LXXVI）、それにフランス王では聖王ルイ九世（XXV, LX）とシャルルマーニュ大王（XVIII, LX）やアーサー王（LXXXII）、それにプロヴァンス伯レーモン・ベランジェ四世（XLII, LXIV）らがいる。東方のイスラム教国の君主では十字軍を悩ましたとされるエジプト・シリアの名高いスルタンのサラディン（XXV）を含めてスルタン（IX, XXV, LXI, LXXIII, LXXVI）

が計六話にも現れる。しかし、全物語のなかで最大の人気者は神聖ローマ皇帝でエルサレム王兼シチリア王であるわれらがフェデリコ二世である。彼は全体の一割弱にも相当する全九話（II, XXI, XXII, XXIII, XXIV, XXX, LIX, LXXXX, C）の物語群の主人公として登場する人気者である。しかも、この逸名の作者・編者はフェデリコ王をこの『ノヴェッリーノ』全話の括りとして序文の第一話を除き、実質的に全物語集の最初の話となる第二話と第百話に戦略的に配置している点も注目に値しよう。さらに、極めて封建的な風趣を漂わす前半の物語群のなかで、俗語の散文で語られた本書の作者・編者が意図した読者（聴衆）層は都市に新たに勃興しつつあった市民《ブルジョワジィ》や商人階級の人びとであり、その結果、伝統的な騎士や王の直臣の冒険譚等に取って代わって、医者、弁護士や大学教授ら知識階級の人びとらが多く登場するが、これは当時の時代的背景を示唆するものと思われる。

次に、本書の後半部（L-C）では、著名な古代の人物や騎士という伝統的な文学における二つの主人公の描写が比較的多く見られる。ローマ帝国の偉大さを証明する帝国の支配者として、執政官にして独裁者のパピリウス（LXVII）や皇帝トラヤヌス（LXIX）が主人公として登場し、またローマの哲学者ではセネカ（LXXI）やカトー（LXXIV）が登場する。もちろんギリシアの哲学者としてはソクラテス（LXI）や犬儒派の哲学者ディオゲネス（LXVI）、それにアレクサンダー大王の家庭教師アリストテレス（LXVIII）らが語られる。しかし、作者の筆勢はことローマに関するかぎり「哲学者カトーは偉大なローマ人である」とか、「パピリウスはじつに強力で賢明なローマ人であった」という語り口に見られるように、彼の同民族の祖先らに対しては具体的に活写し、大いに肩入れして敬意を払う一方で、ギリシアの哲学者らについては、どこか素っ気なく名前を挙げるに止まっているように、ある種の微笑ましい同族意識や郷土愛または愛国心の高揚が垣間見られる点に注目したい。しかるに、（LXI）では「ソクラテスはローマの高貴なる哲学者であった。」と事実誤認の描写もある。これは伝承されている間に原型が崩れてしまったというよりも、この作者・編者の祖国贔屓《ひいき》の筆致からすると、無知によるというよりは願望的な党派心理に由来する身贔屓の好例と見て取れなくもないであろう。

　物語の主人公である騎士に関しても、アーサー王物語の主要な登場人物トリスタン卿（LXV）やランチャロット（ランスロット）（LXXXII）、それにトロイア王プリアムスの息子ヘクトルやパリス（LXXXI）が登場するが、主としてアーサー王物語群のなかで人気のある騎士らだけではなくむしろ、作者・編者は主にイタリアの騎士や王の直臣らの偉業や行状をイタリア人の読者（聴衆）にむしろ語って聞かせる物語群（LVIII, LXXVII, LXXX,LXXXIV, LXXXVIII, LXXXIX）を提供するという極めて同胞愛や郷土愛に満ち溢れた作者・編者の筆勢が大いに窺いしれる。

　本書の主要な革新的な側面はこの作品以前の作品群とは違って、平凡で極めてありふれた一般の人びとを各短篇物語の主人公として扱い、特に後半の物語群のなかでは一般庶民、ご当地の司祭、百姓、商人、それにじつに無邪気な人びとから成る、世のあらゆる階層の人びとに文学的な市民権を与えている点にあると思われる。その結果、娼婦や淫らな女らは見せしめの懲罰としてよりもファブリオ風に滑稽な哄笑の的《まと》として描かれている。よって、これらの短篇物語集においては、女性について否定的な見方は未だ一向に変わらず、女性は純真な男性の悪魔的な誘惑者であり、また男性の性的エネルギーの単なる受け皿として描かれることが多いようである。この観点から、ヨーロッパ中世時代の女性をイブの末裔と見なす女性蔑視・嫌悪のアンティ・フェミニズム的文学伝統が色濃く刻印された短篇集とも言えよう。

多くの批評家が認めるように、この『ノヴェッリーノ』はイタリア文学のいわゆる口語文体の散文の「短篇集《ノヴェッレ》」の伝統の嚆矢となる作品とされる。そして、後世エーリヒ・アウエルバッハが言うように、ボッカッチョがイタリア散文芸術の鼻祖と評するこの文学伝統を受け継いで、大傑作『デカメロン』(1348-53)で燦然と開花するが、その伝統の萌芽の膨らみが本書のなかに見て取れる極めて重要な作品といえる。その後に、ダンテの『神曲』に対して「人曲」と称揚される『デカメロン』の成功は、イタリア・ルネサンス期においてその文学伝統を受け継ぐ類型の作品群を多く生み出したのである。例えば、フィレンツェのセル・ジョバンニはシェイクスピアの『ヴェニスの商人』の人肉裁判の材源となった小噺を含む五十話から成る *Il Pecorone*『腰抜けども』(c.1383年以降)を執筆した。さらに杉浦明平の『ルネッサンス巷談集』の抄訳本のあるフランコ・サッケッティの代表作『珍奇な物語三百話』*Trecent Novelle* (c.1399)やルッカのジョヴァンニ・セルカンビの『短編小説集』*Novelliere* (c.1409)が書かれた。また例の『君主論』で有名なニッコロ・マキアヴェッリ(一四六九－一五二七)は聴衆を喜ばせるため書き留めたとされる小話集『寓話』*Favole* (c.1519)を書いた。それに続いてミラノの物語作家マッティオ・バンデッロ(一四八五－一五六一)の『珍奇な物語集』*Novelle*、アレッツォ出身のピエトロ・アレティーノ(一四九二－一五五六)の『好色談議(六日物語)』(c.1534-1536)があるし、イギリスのエリザベス朝演劇に大きな影響を与えてシェイクスピアの『尺には尺を』や『オセロー』の着想の材源となったジャンバッティスタ・ジェラルディ・チンツィオ（一五〇四－一五七三）の『百物語』*Gli Hecatommithi*（1565）等々が陸続と出現した。この文学伝統は十七世紀にナポリ生まれの軍人で詩人でもあったジャンバッティスタ・バジーレのナポリ方言による傑作民話集『五日物語』*Pentamerone* へと受け継がれていくのである。

こうして、本書『ノヴェッリーノ』をその泉源（fons et origo）とするイタリア散文文学の伝統はボッカッチョの『デカメロン』で大輪の華を咲かせ、やがてこの大傑作を光源体としてフランス文学やイギリス文学等々、その文学的影響は諸外国の文学へと波及していく。現在、ボッカッチョの『デカメロン』の写本数はフィレンツェ、パリ、ヴァティカン等々で総計百点以上も伝存するという。しかし、この『デカメロン』の最初の仏語訳はラテン語訳からの重訳であったとされる。そして、この重訳された最初の仏訳版は一四一四年にあの『ベリー公のいとも豪華なる時禱書』で有名なベリー公ジャンに謹呈されたと言われる。こうして、『デカメロン』の文学的影響力の甚大さは、一例を挙げれば、フランス文学のなかでは先ずブルゴーニュ公フィリップ三世善良公の宮廷でさまざまな人びとによって話された小噺集をフランス中世末期の物語作家アントワーヌ・ド・ラ・サルが収集し編纂した『新百話集』*Les Cent Nouvelles Nouvelles*（邦訳『ふらんすデカメロン』）（c.1456-1461）であり、この書はフランスにおける最初の散文による文学作品であり、ボッカッチョの『デカメロン』の模倣とまで言われる作品である。また、フランス・ルネサンス期のナバラ王エンリケ二世の王妃マルグリット・ド・ナヴァールは『七日物語』*Heptaméron*（1542-1549）の題名で七十二篇の短編から成る物語集を書いた。多くの短編集の内容は愛、不貞、官能、艶聞、笑話などが扱われていて、題名からも明白なように『デカメロン』の大きな影響を受けて、同様にいわゆる「枠物語」（frame narrative）の形式を踏まえている作品である。さらに中世イギリス最大の詩人で近世英語の創始者でもあり、ジョン・ドライデンに「英詩の父」と呼ばれたジェフリー・チョーサーの最後にして最大の傑作で、騎士道ロマンス、ブルターニュのレー、説教、寓話、ファブリオ等々の中世物語文学のあらゆる文学ジャンルを網羅した『カンタベリー物語』（c.1393?-1400）にもこの文学伝統が歴然と受け継がれているのを一目見れば、この文学的伝統と影響の甚大さが想像できよう。

本訳書はわれわれ二人が『シチリア派恋愛抒情詩選――中世イタリア詞華集』論創社、（2015）と銘打って上梓した訳詩集に次ぐ第二冊目となる、中世イタリアの俗語による散文短篇集の共同作業によって結んだ細やかな果実である。イタリア語の原典『短編物語集《ノヴェッリーノ》』は十三世紀後半に逸名氏によって著作・編纂された説話集の一種である。各物語の文章は短いもので五行ほど、最も長いものでも三ページから成る総計百話の短編集である。したがって、われわれは各自役割分担をした各物語を可能なかぎり原文に即して文意の判りやすい訳文を心掛けて草稿を仕上げ、次に、細部に亘って絶えず訳語の統一を始め緊密な連携を図り全体の加筆・訂正を繰り返して入念に訳文の推敲を重ねた。併せて各［訳注］については、巻末に掲載した文献抄等に直に当たり参照して厳密を期したつもりである。しかしながら、われわれは元来イタリア文学の研究に関しては一介のアマトゥールにすぎなく、その浅学菲才ゆえに思い掛けない遺漏や瑕疵があることを懼れる。よって、読者諸賢の皆さまには忌憚のないご教示・ご叱正を頂ければ洵に幸いである。

なお最後に、この度本書を出版するにあたり、煩雑な校正を始めいろいろと貴重な助言を戴いた論創社の編集者松永裕衣子さんにこの場を借り心より感謝申しあげます。

平成二十八年六月　梅雨の晴れ間に

訳者

フランコ・サケッティ、杉浦明平（訳）『ルネッサンス巷談集』（岩波文庫）、1981.
ヘルマン・ヘッセ、林部圭一（訳）『ヘッセの中世説話集』白水社、1994.
ペトルス・アルフォンシ、西川正身（訳）『知恵の教え』渓水社、1994.
松原秀一『中世ヨーロッパの説話─東と西の出会い』（中公文庫）、1992.
________『西洋の落語─ファブリオーの世界』（中公文庫）、1997.
松村真理子「『ノヴェッリーノ』に見る Duecento の物語：『ノヴェッリーノ』第 51 話と『デカメロン』I-9」『イタリア学会誌』(40), pp. 70-9, 1990.
________「中世における「三つの指輪」の寓話、変容の系譜－ *Novellino* 第 73 話を中心に『イタリア学会誌』(44), pp. 25-45, 1994.
________「『ノヴェッリーノ』異文における文体の変遷」『イタリア学会誌』(49), pp. 1-35, 1999.
マルグリット・ド・ナヴァール、平野威馬雄（訳）『エプタメロン─ナヴァール王妃の七日物語』ちくま文庫、1995.
________、平野威馬雄（訳）『エプタメロン』
________、名取誠一（訳）『エプタメロン』（アウロラ叢書）、国文社、1988.
三原幸久（編）『ラテン世界の民間説話』世界思想社、1989.
望月紀子『イタリア女性文学史─中世から近代へ』五柳書院、2015.
ヤコブス・デ・ヴォラギネ、前田敬作 他（訳）『黄金伝説』1-4 巻、（平凡社ライブラリー）、2004-2006.
米山喜晟「ノヴェッラの起源と『ノヴェッリーノ』」『大阪外国語大学論集』(7), pp. 139-167, 1992.
ヨハンネス・デ・アルタ・シルウァ、西村正身（訳）『ドロパトスあるいは王と七賢人の物語』未知谷、2000.

カエサリウス（編）、永野藤夫（訳）『奇跡とは』天使館、1999.
金子健二（訳）『ジェスタ・ローマノーラム』宝文館、1928.
サケッティ他、杉浦明平（訳）『イタリア浮世草子』若草書房、1948.
渋澤龍彦『ルネサンスの箱』文学館１、筑摩書房、1993.
ジェフリー・オヴ・モンマス、瀬谷幸男（訳）『マーリンの生涯—中世ラテン叙事詩』南雲堂フェニックス、2009.
ジャーヴァス・オヴ・ティルベリ、池上俊一（訳）『皇帝の閑暇』（講談社学術文庫）、2008.
ジャンバティスタ・バジーレ、杉山洋子、三宅忠明（訳）『ペンタメローネ—五日物語』上下巻、（ちくま文庫）、2005.
ジョヴァンニ・フランチェスコ・ストラパローラ、長野徹（訳）『愉しき夜—ヨーロッパ最古の昔話集』平凡社、2016.
ジョヴァンニ・ボッカッチョ、柏熊達夫（訳）『デカメロン』上中下巻、（ちくま文庫）、2013.
________、平川祐弘（訳）『デカメロン』河出書房新社、2012.
スエトニウス、国原吉之助（訳）『ローマ皇帝伝』上下巻、（岩波文庫）、1986.
新村出（訳）『伊曾保物語—天草本』岩波文庫、1997.
鈴木信太郎、神沢栄三（訳）『ふらんすデカメロン』上下巻、（ちくま文庫）、1994.
谷口勇『中世ペルシャ説話集—センテバル』而立書房、1996.
ソーマ・デーヴァ、岩本裕（訳）『カター・サリット・サーガラ—インド古典説話集』全４冊、（岩波文庫）、1954－1961.
ダンテ・アリギエーリ、岩倉具忠（編訳）『ダンテ俗語詩論』（東海大学古典叢書）、東海大学出版会、1984.
中務哲郎（訳）『イソップ寓話集』岩波文庫、1999.
永野藤夫（訳）『ローマ人物語—ゲスタ・ローマノールム』東峰書房、1996.
西村正身（訳）『賢人シュンティパスの書』未知谷、2000.
________（訳）『七賢人物語』未知谷、1999.
B. E. ペリー、西村正身（訳）『シンドバードの書の起源』未知谷、2001.

Valerius Maximus. *Factorum et Dictorum memorabilium libri novem cum iulii pardis et ianuari Nepotiani epitomis*. Stuttgart: Teubner, 1982.

邦文文献抄

アウルス・ゲッリウス、大西英文（訳）『アッティカの夜』I（西洋古典叢書）、京都大学学術出版会、2016.
上尾信也『吟遊詩人』新紀元社、2006.
アープレーイユス、呉茂一、国原吉之助（訳）『黄金の驢馬』（岩波文庫）、2013.
アルトゥーロ・ポンペアーティ（編）、谷口伊兵衛、G・ピアッザ（訳）『《カルペ・ディエム》—浮世《ふせ》を満喫したまえ』文化書房博文社、2015.
池上恵子『バルラームとヨサファトの物語—中世イギリス聖者伝：写本校訂と比較研究』学書房、1990.
池上俊一（訳）『西洋中世奇譚集成 東方の驚異』（講談社学術文庫）、2009.
石坂尚武　『地獄と煉獄のはざまで—中世イタリアの例話から心性を読む』知泉書館、2016.
伊藤正義（訳）『ゲスタ・ロマノールム』篠崎書林、1994.
イブヌ・ル・ムカッファイ、菊池淑子（訳）『カリーラとディムナ—アラビアの寓話』（東洋文庫）、平凡社、1978.
丑田弘忍（訳）『中世ラテン語動物叙事詩　イセングリムス』鳥影社、2014.
E. R. クルツィウス、南大路振一、岸本道夫、中村善也（訳）『ヨーロッパ文学とラテン中世』みすず書房、1971.
岩本裕『インドの説話』紀伊國屋書店、1963.
S. トンプソン、荒木博之、石原綏代（訳）『民間説話』社会思想社、1977.
岡戸久吉『「デカメロン」と西鶴好色物』イタリア書房、1995.
オウィディウス、中村善也（訳）『変身物語』上下巻、（岩波文庫）、1981.
ガイウス・ペトロニウス、国原吉之助（訳）『サテュリコン—古代ローマの諷刺小説』（岩波文庫）、1991.
カイ・カーウース & ニザーミー、黒柳恒男（訳）『ペルシア逸話集』（東洋文庫）平凡社、1969.

1977.

Historia Karoli Magni et Rotholandi: Poole, Kevin R. (ed.) *The Chronicle of Pseudo-Turpin: Book IV of the Liber Sancti Jacobi* (*Codex Calixtinus*), Italica Press, 2014.

Geoffrey of Monmouth, Basil Clarke (tr.) *Life of Merlin*,Cardiff: University of Wales Press, 1973.

Guido delle Colonne. Mary Elizabeth Meek (tr.) *Historia Destructionis Troiae*. University of Indiana Press, 1974.

Lacy Norris J. (ed.) *The New Arthurian Encyclopedia*. Garland Publishing, Inc. 1996.

Lindsay, Jack. *The Troubadours & Their World of the Twelfth and Thirteenth Centuri*es. London: Muller, 1976.

Lo Nigro, Sebastiano. *Racconti Popolari Siciliani*. Firenze, 1958.

The New Jerusalem Bible. Darton, Longman & Todd ltd., 1990.

Novelle italiane: Il Ducento e Trecent, a cura di Lucia Battaglia Ricci. Milano, 1982.

Walker, Henry John (tr.) Varerius Maximus, *Memorable Deeds and Sayings*, Hackett Publishing Company, Inc., 2004.

da Palermo, Moisé. *Tratti di mascalcia attribuiti a Ippocrate treadotti dall'arabo in latino da Maestro Moisé da Palermo volgarizzato nel secolo XIII, messi in luce per cura di Pietro Delprato, corredati di due posteriori compilazioni in latino e in toscano e di note filolofiche per cura di Luigi Barbieri*. Bologna: Romagnoli, 1865.

Ovidius. David Raeburn (tr.) *Metamorphoses*. Penguin Classics, 2004.

Petronius. E.H.Warmington (ed.), Michael Heseltine (tr.) *The Satyrion*. (Loeb Classical Series) Harvard University Press, 1913.

Smith, Denis Mack. *A History of Sicily. Medieval Sicily 800-1713*. New York: Dorset, 1968.

Suetonius Tranquillius, Gaius. Robert Graves (tr.) *The Twelve Caesars*. Penguin, 1979.

Basile, Gian Battista. *Il Pentamerone*, traduzione ed introduzione di Benedetto croce. 2 vols. Bari, 1982

Boccaccio, Giovanni, John Payne (tr.), Charles Singleton (ed.) *The Decameron*. Berkeley, University of California, 1982.

Caesarius von Heisterbach. *Dialogus miraculorum,* 5 vols., Brepols Publishers, 2009.

Cesare Segre and Mario Marti (ed.) *IL Libro della natura degli animali*. In *La prosa del Duecento* Milan: Riccardi, 1959.

Cornelis de Boer (ed.) *Ovide moralisé, poème du commencement du quatorzièm siècle publiè d'après tous les manuscrits connus,* Tomes I-V. Amsterdam, Müller, 1915-1938.

Curtius, Ernst Robert, Willard R. Task (tr.) *European Literature and the Latin Middle Ages* .New York, Harper and Row, 1963.

Dronke, Peter, *Verse with Prose from Petronius to Dante: The Art and Scope of the Mixed Form*. Harvard University Press, 1994

Egan, Margarita (tr.) *The Vidas of the Troubadours*. New York: Garland Publishing, 1984.

Evans, Joan. *Magical Jewels of the Middle Ages and Renaissance Particularly in England*. New York: Dover, 1976.

Gellius, Aulus, *Attic Nights*. (Loeb Classical Series), Vols. I-III, Harvard University Press, 1927.

Grant, Edward. *Planets, Stars, and Orbs: The Medieval Cosmos, 1200-1687*. Cambridge University Press, 1994.

Gregory. *Gregorius Magnus Dialogorum Libri Quattuor De Vita Et Miraculis Patrum Italicorum Et De Aeternitate Animarum*. Paris, 1400.

Hall, Joan. "The Organization of the *Novellino*". *Italian Studies,* 39 (1984): 6-26.

________. "Words and Deeds in the *Novellino*: An Analysis of the First Tale." The *Modern Language Review,* 77 (1982): 63-73.

Hermes, Eberhard (tr.) *The "Disciplina Clericalis"of Petrus Alfonsi*. Routledge,

参考文献抄

校訂版

Lo Nigro, Sebastiano (cura). *Novellino e Conti del Duecento.* (Classici Italiani), Torino: UTET, 1983.

Segre, Cesare (cura). *Il Novellino,* in *La Prosa del Duecento,* a cura di Cesare Segre e Mario Marti, Milano-Napoli, Ricciardi, 1959, pp. 793-881.

Il Novellino, a cura di Guido Favati, Genova: Fratelli, 1970.

Il Novellino, a cura di Valeria Mouchet ed introduzione di Lucia Battaglia Ricci, Milano: BUR rizzoli, 2008.

Il Novellino: testo originale a fronte, Aldo Busi e Carmen Covito, Milano: BUR rizzoli, 1993, 2014.

The Novellino or One Hundred Ancient Tales: An Edition and Translation based on 1525 Gualteruzzi editio princeps, ed. and transl. by Joseph P. Consoli, Garland Library of Medieval Literature, Rutledge, 1997.

翻　訳

Storer, Edward (tr.). *Il Novellino: the Hundred Old Tales* (Broadway Translations), London: George Routledge & Sons Ltd., 1925.

Roberta L. Payne (tr.). *The Novellino* (Studies in Italian Culture Literature in History), Peter lang, 1995.

杉浦明平（訳）「古譚百種抄」、高津春繁、野上素一（共編）『ギリシア・ローマ南欧古典』（世界短編文学全集８）、集英社、1963.

欧文文献抄

Antonio Cappelli (ed.) *IL Libro dei Savi di Roma.* Bologna: Commissione per i testi di lingua, 1968.

Baily, D. R. Schackleton (ed. & tr.) Valerius Maximus, *Memorable Doings and Sayings,* Vols.I & II. (Loeb Classical Series), Harvard University Press, 2000.

†訳者
瀬谷　幸男（せや・ゆきお）
1942年福島県生まれ。1964年慶應義塾大文学部英文科卒業、1968年同大学大学院文学研究科英文学専攻修士課程修了。1979～1980年オックスフォード大学留学。武蔵大学、慶應義塾大学各兼任講師、北里大学教授など歴任。現在は主として、中世ラテン文学の研究、翻訳に携わる。主な訳書にA. カペルラーヌス『宮廷風恋愛について―ヨーロッパ中世の恋愛指南の書―』（南雲堂、1993）、『完訳 ケンブリッジ歌謡集―中世ラテン詞華集―』（1997）、ロタリオ・デイ・セニ『人間の悲惨な境遇について』（1999）、G. チョーサー『中世英語版薔薇物語』（2001）、ガルテース・デ・カステリオーネ『アレクサンドロス大王の歌―中世ラテン叙事詩』（2005）、W. マップ他『ジャンキンの悪妻の書―中世アンティフェミニズム文学伝統』（2006）、ジェフリー・オヴ・モンマス『ブリタニア列王史―アーサー王ロマンス原拠の書』（2007）、同『マーリンの生涯―中世ラテン叙事詩』（2009）、『放浪学僧の歌―中世ラテン俗謡集』（2009）（以上、南雲堂フェニックス）、P. ドロンケ『中世ラテンとヨーロッパ恋愛抒情詩の起源』（監・訳、2012）、W. マップ『宮廷人の閑話―中世ラテン綺譚集』（2014）、『シチリア派恋愛抒情詩選―中世イタリア詞華集―』（2015）、『アーサーの甥ガウェインの成長記―中世ラテン騎士物語―』（2016）（以上、論創社）がある。また、S. カンドウ『羅和字典』の復刻監修・解説（南雲堂フェニックス、1995）、その他がある。

狩野　晃一（かのう・こういち）
1976年群馬県生まれ。1999年駒澤大学文学部英米文学科卒業、2005年同大学大学院人文科学研究科英米文学専攻博士課程修了。博士（英米文学）。2010年～2011年オックスフォード大学客員研究員。現在、東北公益文科大学准教授。専門は歴史英語学、中世英語英文学、中世ヨーロッパ文学。主な共編著に『ことばと文学―池上昌教授記念論文集―』（英宝社、2004）、『梅檀の光―富士川義之教授・久保内端郎教授 退職記念論文集―』（金星堂、2010）、『文学の万華鏡―英米文学とその周辺―』（れんが書房新社、2010）、*The Katherine Group: A Three-Manuscript Parallel Text* (Peter Lang、2011)、『チョーサーと中世を眺める―チョーサー研究会20周年記念論文集―』（麻生出版、2014）、『シチリア派恋愛抒情詩選―中世イタリア詞華集―』（論創社、2015）、*Sawles Warde and the Wooing Group: Parallel Texts with Notes and Wordlists* (Peter Lang、2015)、『チョーサーと英米文学―河崎征俊教授退職記念論文集―』（金星堂、2015）その他がある。

完訳 中世イタリア民間説話集

2016年9月10日　初版第1刷印刷
2016年9月20日　初版第1刷発行

訳　者　瀬谷　幸男
訳　者　狩野　晃一
発行者　森下　紀夫
発行所　論創社
東京都千代田区神田神保町2-23　北井ビル
tel. 03（3264）5254　fax. 03（3264）5232
web. http://www.ronso.co.jp/
振替口座　00160-1-155266

装幀／奥定泰之
組版／フレックスアート
印刷・製本／中央精版印刷
ISBN978-4-8460-1557-2　